18-XII-99

- SUEÑEN aunque el sueño parezca imposible
- TRANSFORMEN el mal en bien aunque (haya) sea necesario caminar 1000 mill..
- Amen lo puro e inocente aunque sea inexistente
- Vayan por donde el bravo no osa ir
- Resistan aunque el cuerpo ya no resista.
- Soporten el dolor aunque sea insoportable
- Al final alcanzarán aquella estrella aunque parezca inaccesible

Los Doce Hilos de Oro

Aliske Webb

Título original: *Twelve Golden Threads*

Traducción: Rosa Arruti

1.ª edición: junio 1996
1.ª reimpresión: julio 1996
2.ª reimpresión: octubre 1996
3.ª reimpresión: octubre 1996

© 1992 by Aliske Webb
© 1992 by Starbust Publishers, a division of Starbust, Inc.
© Ediciones B, S.A., 1996
  Bailén 84 - 08009 Barcelona (España)

Printed in Spain
ISBN: 84-406-6330-7
Depósito legal: B. 39.816-1996

Impreso por PURESA, S.A.
Girona, 139 - 08203 Sabadell

Todos los derechos reservados. Bajo las sanciones establecidas
en las leyes, queda rigurosamente prohibida, sin autorización
escrita de los titulares del *copyright*, la reproducción total o parcial
de esta obra por cualquier medio o procedimiento, comprendidos
la reprografía y el tratamiento informático, así como la distribución
de ejemplares mediante alquiler o préstamo públicos.

Los Doce Hilos de Oro

Aliske Webb

NOTA DE LA AUTORA

Durante los veinte años que he pasado trabajando en empresas comerciales y de asesoramiento, he leído decenas de libros que enseñan cómo triunfar y he asistido a incontables seminarios dirigidos al desarrollo personal. En todos ellos me he topado de continuo con los siguientes problemas. En primer lugar, el éxito se empareja a menudo con el dinero, el poder y la fama, cosas todas ellas que complacen nuestra codicia y calman nuestros temores más íntimos. En segundo lugar, se suelen ofrecer soluciones rápidas basadas en trucos del comportamiento, en vez de preconizar un desarrollo armónico de la personalidad que respete los valores auténticos. Y en tercer lugar, la conducta dictada por las propias convicciones se ve desplazada por un empleo del tiempo regido por los imperativos externos.

Creo que debemos difundir un mensaje menos agresivo y más amable, que tenga en cuenta los valores espirituales y la integridad moral y que sea más congruente con la vida, la realidad y el trabajo tal como los percibe la mayoría de las mujeres.

Muchos programas que enseñan técnicas para alcanzar el éxito han sido diseñados por y para los hombres, y por ello utilizan ejemplos y metáforas referentes al mundo masculino de los negocios, el deporte y la guerra. Para minimizar esta discriminación se suele aducir, a veces hipócritamente, a veces con sinceridad, que el programa se aplica también a las mujeres. Pero mi propósito no era escribir un libro dirigido exclusivamente a las mujeres, porque aprecio a los hombres, los aprecio de verdad; sólo deseaba que mi obra contuviera una metáfora auténticamente femenina. Este libro surgió de las muchas horas consagradas a confeccionar quilts, a pensar y a crear.

Confío en que algún día se elabore un programa de autoayuda que refleje el modo en que las mujeres se apoyan y se educan mutuamente y que tenga en cuenta sus necesidades emocionales, en lugar de limitarse a exponer un método práctico para cumplir con éxito las tareas. Si alguien se entera de que existe uno, espero que me lo haga saber.

Les deseo a todos que obtengan lo que quieren, y en especial la paz interior.

ALISKE WEBB

EL QUILT

El quilt es un tapiz decorativo en cuya confección pueden intervenir tres técnicas: la del acolchado, que consiste en unir dos capas de tela con un relleno entremedio; la del patchwork, según la cual se empalman entre sí retales y tiras de distintos tejidos, y la de la aplicación o appliqué, basada en la costura de piezas sobre una tela de fondo.

Las tres técnicas se han venido utilizando, juntas o por separado, desde hace siglos y en diferentes partes del globo, para hacer toda clase de objetos: velas marineras, alfombras, cojines y prendas de abrigo. La muestra más antigua de esta clase de labor, una tienda de campaña egipcia, data del siglo IX antes de Cristo.

A lo largo de la historia estos trabajos de costura han tenido épocas de auge y de decadencia. En Norteamérica fueron introducidos por los pioneros, cuyas mujeres aprovechaban cualquier retal para crear nuevas formas y dibujos, y convirtieron esta labor en un motivo de reunión social. Con la llegada del siglo XX, los artículos confeccionados a mano cedieron su puesto a los de fabricación industrial; sin embargo, hoy día las labores manuales vuelven a estar de moda, y además de los quilts clásicos se confeccionan otros de diseño novedoso que hacen gala de arte y de imaginación.

La Traductora

A Michael
por
océanos profundos de amor
montañas de ánimo
amplios prados iluminados de optimismo
y silenciosos bosques de tranquilidad

PRÓLOGO

Tal vez tengas la suerte de haber heredado un quilt perteneciente en su día a tu abuela o puede que a tu bisabuela. Con él dispones de la crónica familiar bordada en su labor. Puedes arroparte con su calidez e historia sabiendo que lo que tú has recibido volverá a transmitirse a alguien más, de mujer a mujer.

Mi abuela paterna era más o menos igual de pobre que sus coetáneas, y su quilt es simple, perfecto, poco elegante... y precioso. Lo tengo colgado en una de las paredes de mi cuarto de costura para inspirarme, para mantener el vínculo. La tradición no es sólo lo que nos llega de épocas anteriores, lo creado en el pasado. La tradición se compone también de lo nuevo que nosotras creamos y que constituirá la herencia de futuras generaciones que a su vez hablarán de nosotras.

Al estudiar nuevos quilts descubrimos las fibras que nos mantienen unidas: un tejido de conexiones, algunas fortuitas, otras decididas previamente. Nuestros dedos siguen las puntadas, nuestra vista recorre y acaricia los colores desgastados, los motivos arrugados y los bordes deshilachados y deteriorados por el tiempo. Y nuestras mentes se recrean con los recuerdos. Recuerdos propios y, también, recuerdos que nos han sido transmitidos, que nos han entregado como la más frágil y preciada de las reliquias.

Nos gusta imaginarnos a nuestras abuelas sentadas apaciblemente junto al fuego acogedor, durante los largos meses de invierno, cosiendo con amor, poniéndole el alma a la labor. Tal vez su realidad fuera completamente diferente, pero si tenemos esta visión cálida y confortante es porque su quilt nos aporta una sensación cálida y confortante. Sentimos nostalgia del pasado, de modo que lo que consideramos los «viejos y buenos tiempos» entonces se llamaban «estos días difíciles». También a nosotras nos cuesta imaginar a las generaciones futuras sintiendo nostalgia por nuestro presente turbulento.

Al evocar el pasado nos imaginamos un lugar más simple, un ritmo más lento, una época más fácil, ya que lo visitamos sólo mentalmente. La historia, como un calicó bien lavado, difumina la realidad. Cuando imaginamos a nuestras abuelas pioneras, no percibimos su existencia real, no vivimos en sus húmedas habitaciones con corrientes de aire. No tenemos el cuerpo dolorido por las largas jornadas dedicadas a lavar, cocinar, limpiar, cocinar otra vez, cultivar la huerta y cuidar de los niños desde antes de amanecer hasta que se hace de noche. Tampoco sentimos los calambres en hombros, brazos y dedos ocasionados por las posteriores horas de remiendos, costura y calceta, todo ello bajo una luz mortecina que no permitía trabajar en condiciones. Todo a mano, sin máquina. Tampoco padecemos sus enfermedades, dolores de cabeza, preocupaciones, fatigas. Estamos muy lejos de su forma de vida.

El dolor es siempre algo personal, es intransferible. Sin embargo, sí que podemos palpar la alegría de los demás. La alegría une. Aprovechar retales para confeccionar quilts constituye un impulso natural surgido de la necesidad y del amor. Al hacer un quilt sentimos con intensidad la alegría del proceso creativo y, además, nos vemos premiadas con la herencia espiritual de otros seres. La alegría trasciende el tiempo y el espacio. Pese a los años y la distancia que nos separan de nuestras abuelas, estamos en sintonía con ellas, lo mismo que la cuerda de un arpa vibra cuando alguien puntea la cuerda de otra arpa situada en el rincón opuesto de una apacible habitación.

A menudo nos asombra la singular fuerza de carácter que tenían nuestras abuelas pioneras para sobrellevar físicamente una vida que en la actualidad amedrentaría hasta a los más fuertes, una vida que nos abrumaría a la mayoría de nosotras. Sí, carecían de nuestras oportunidades, esas que nos han hecho sentirnos insatisfechas con demasiada frecuencia. Lo que admiramos en esos pioneros es que sabían cuál era su sitio y quiénes eran, creían en la importancia de lo que hacían. Elogiamos su vinculación a sus familias, a su mundo, sus comunidades, a ellos mismos.

Al tocar un viejo quilt, nos trasmite el mensaje de que, incluso en situaciones de agotamiento, penuria, escaso o nulo reconocimiento o recompensa, es posible realizar un trabajo que no sólo cumple su objetivo práctico sino que además es original, creativo, hermoso, con un espíritu optimista. Se trata de una celebración del trabajo y, a fin de cuentas, de la vida.

Somos hijas de esa tradición. No podemos dejar de seguirla.

ALISKE WEBB

OCTUBRE

UNA VISITA A LA ABUELA

Una vez acabados sus estudios empresariales en la universidad y después de varios meses buscando trabajo, a Jennifer, mi hija mayor, le han ofrecido un puesto de meritoria en un banco, en el departamento de servicios para la inversión. De modo que hoy estaba que reventaba de energía, se moría de ganas de comunicar las increíbles noticias a la abuela. Jennifer quiere ser agente de Bolsa y hacerse millonaria. Por fin ha llegado su hora.

La abuela, de hecho su abuela paterna, tiene casi ochenta y cinco años y vive en Clareville, en un apartamento de una residencia para personas mayores. Lleva allí casi veinte años. «Más tiempo que una condena por asesinato», nos recuerda alegremente. Esta residencia fue la mejor que su pensión y la familia de mi difunto esposo Jack pudieron costear en su momento. Pese a no poder instalarla en un lugar más espacioso y elegante, ella está a gusto allí con sus amigos y no quiere cambiar. ¿He mencionado ya que es muy tozuda?

Estoy segura de que los ángeles han venido varias veces a buscarla, pero ella se niega a seguirlos.

Así que, una vez al mes, nosotras, también llenas de tenacidad, nos vamos en coche hasta allí para visitarla. ¿Ha sonado ese «hasta allí» como una responsabilidad molesta? No lo es. Me refiero únicamente a que está demasiado lejos para dejarse caer cualquier tarde a tomar el té.

Jennifer, mi hija pequeña Susan y yo vamos una vez al mes a ver a la abuela. Mi hijo Robbie está pasando este año en el Oeste estudiando oceanografía. Por lo único que me alegro de su ausencia es porque ya no me llevo sustos al encontrarme criaturas pringosas, increíblemente feas y húmedas en el cuarto de baño, o peor, metidas en frascos en el frigorífico. Ha hecho falta mucha paciencia durante mucho tiempo, puedo asegurarlo.

Un año, cuando Robbi estaba en el instituto en la Costa Este, nos asombró a todos ganando un primer premio por su trabajo de ciencias. Con él había querido demostrar que todo lo que procedía del mar, o al menos de nuestra bahía, era comestible. De modo que se dedicaba a traer a casa toda clase de especímenes que diseccionaba, cocinaba y comía, provocando continuos chillidos de asco en las chicas, que naturalmente no podían ni mirar. Creo que mi hijo ha escogido una facultad en la Costa Oeste simplemente para ver si todo lo que hay en nuestras aguas occidentales sabe diferente.

Jack siempre decía en broma que Robbie acabaría de chef en un restaurante aunque esperaba

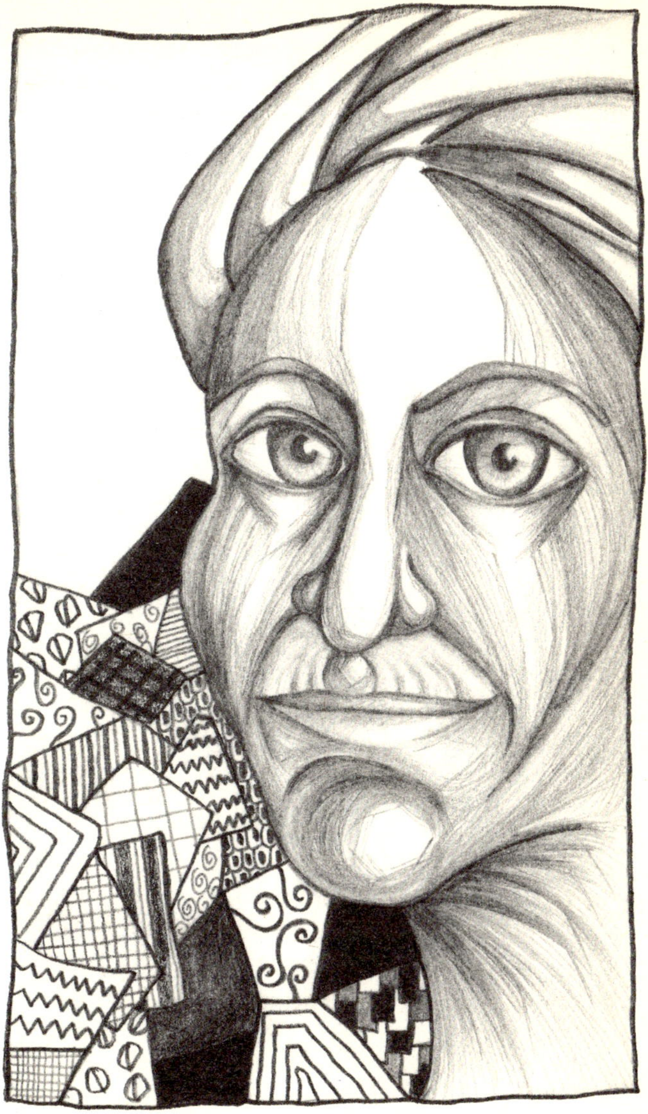

que, por el bien de los clientes, no fuera así. Digo esto también para dar una idea de cómo son los hombres en esta familia. Los echamos de menos.

Al llegar esta mañana a Clareville, la abuela estaba acabando otro de sus quilts de retales. Estaba cosiendo la cenefa que ribeteaba todo el borde. Este quilt en concreto lleva el motivo «estrella de Ohio» en azul oscuro y rojo. Normalmente, la abuela tarda casi un año en finalizar cada quilt, a mano. Hace años le regalamos una máquina de coser, pero sólo la usa para coser ropa y para hacer arreglos. Todos sus quilts están confeccionados a mano con puntadas primorosas. Lleva muchos años de práctica. Ahora que tiene la vista más cansada y los dedos más torpes, en vez de restarle perfección a su trabajo ha optado simplemente por bajar el ritmo.

—¡Oh, abuela! ¡Qué quilt tan bonito! —exclamó Susan con entusiasmo mientras la abuela lo alisaba ante nosotras para que lo contempláramos mejor. Susan lo cogió. —¿Puedo? —preguntó al tiempo que se envolvía los hombros con el suave material.

—Es precioso —comentó Jennifer con admiración.

—¡Qué suave! —Susan estaba maravillada—. ¡Más aún que de costumbre!

—Porque está confeccionado con pijamas viejos de franela y forrado por el revés con sábanas viejas también de franela fina. Es para el señor Fulton, del piso de arriba. Tiene uno de esos problemas de piel tan terribles y necesita algo muy suave. He querido hacerlo tan suave como la manta de un bebé —explicó.

La abuela ha regalado muchos de sus quilts a la gente de la residencia. Ya son más de veinte las personas que duermen y sueñan bajo sus quilts. Aunque muchos de los residentes eran completos desconocidos cuando la abuela percibió su necesidad de afecto, bienestar y alegre colorido, ella se presentaba ante la puerta del extraño y hacía un nuevo amigo. Y, por supuesto, son ya muchos los quilts que le han devuelto amablemente a la muerte del amigo. Pero ella siempre seguirá haciendo nuevas amistades y confeccionándoles un quilt.

—¿Te has preguntado alguna vez cuántos quilts has hecho en tu vida, abuela? —le pregunté.

—En total, supongo que cientos. Sí, si contamos todas las reuniones de costura que solíamos mantener en la granja. En invierno todas las vecinas diseñábamos con empeño nuevos patrones de quilts, los más bonitos, para que en primavera pudiéramos juntarnos y empezar a hacer el acolchado. Nos poníamos a trabajar todas juntas en un mismo quilt y de esta manera acabábamos más rápido. Así que no mentiría si dijera que he hecho cientos de quilts al colaborar en los de las demás. Y, naturalmente, ellas también trabajaban en los míos.

—Vaya fiesta debía de ser —dijo Jennifer—. Tantas mujeres cosiendo y charlando.

—Pensad que no teníamos televisión en aquellos días y que nos encantaba hacer visitas y charlar. Y reírnos sin parar —recordó la abuela.

—¿Qué opinaban los hombres de que vosotras las mujeres organizarais esas juergas? —preguntó Susan.

—Bueno, por eso preferíamos llamarlas talleres de costura, porque de hecho trabajábamos como hormiguitas y obteníamos resultados tangibles. Pero si había hombres por los alrededores, estábamos calladas como muertas, para que no descubrieran cuánto nos divertíamos —susurró la abuela en tono conspirador.

—Umm —dijo Jennifer a punto de hacer una de sus declaraciones sapientísimas de mujer de veintiún años. Pero se le contagió la risa de las demás, que mirábamos a la abuela, encantadas de comprobar la credibilidad de los hombres en aquellos días y la conspiración de las mujeres en todas las épocas.

—Y bien, Jen, cuéntame lo de tu nuevo trabajo —requirió la abuela dejando al lado su labor para centrar toda la atención en la despierta mujercita que tenía a su lado.

Durante varios minutos, Jennifer contó con detalle las novedades, con ojos resplandecientes de excitación e ilusión.

—Para cuando tenga treinta años seré millonaria y me compraré un rancho en Colorado —sentenció llena de convicción.

—¡Caramba, chica! ¿Cómo hemos pasado tan rápido de «empiezo a trabajar el lunes» a Colorado? —pregunté.

—¡Voy a triunfar! ¡Ya lo veréis! —reafirmó.

—Oh, estoy segura de que así será, cielo. Si crees en ello y lo deseas de verdad, puedes hacer cualquier cosa que te propongas.

—¡Lo veis, la abuela me cree! —proclamó Jennifer.

—La abuela cree en ti. Lo mismo que yo. Sabemos que puedes hacer lo que te propongas. Como siempre digo, querer es poder. Si crees que puedes lo conseguirás, si crees que no, no hay nada que hacer. La fe en uno mismo es el punto de partida, pero hay que saber aguantar las riendas.

Suspiré para mis adentros, me oí a mí misma ejerciendo el papel demasiado conocido de madre que previene a su retoños.

—Mira, Jen —continué—, todos sabemos que marcarse un objetivo, o varios, es una de las cosas más importantes en la vida. El primer paso es tener una actitud entusiasta de deseo y fe. De acuerdo, has ensillado el caballo del entusiasmo y eso está muy bien, pero tienes que domarlo para llegar a donde tú quieras.

—Claro que algunas personas creen que es más sencillo cabalgar en la dirección que lleva el animal —intervino la abuela con una mueca maliciosa—. Pero de esa manera no siempre llegas a donde tú quieres. Vuestra madre tiene razón, Jen. Cuando habla de domar el caballo se refiere a que tenéis que desarrollar los hábitos que os ayuden a obtener el éxito y a hacer lo que de verdad queréis hacer.

—Al hablar de hábitos no te refieres a la ropa de montar a caballo, ¿verdad? —bromeó Jennifer.

La abuela se rió entre dientes ante aquel comentario humorístico y continuó:

—Todos tenemos hábitos, a docenas. Ni siquiera pensamos en ellos. Por eso son importantes. Gracias a ellos no tenemos que pensar conscientemente en cada pequeña acción de nuestras vidas. Algunos de nuestros hábitos son buenos, algunos malos. ¿Por qué no procurar que los hábitos funcionen en nuestro provecho cada vez que sea posible?

—Hay dos clases de hábitos —interpuse—. Los hábitos de la actitud atañen a la forma de pensar y sentir. Los hábitos de la actuación atañen al comportamiento. Están interconectados. ¿Recordais el principio de acción-reacción que estudiasteis en vuestra clase de física, que establece que por cada acción hay una reacción equivalente y contraria? Pues bien, todo lo que hacéis produce un resultado y cada resultado repercute en todo lo que hacéis.

—Igual que un sistema de retroalimentación —acordó Jennifer.

—Exactamente. Los hábitos no son más que la manifestación diaria de vuestro carácter y vuestros principios. Cómo sois por dentro crea lo que hacéis, y lo que hacéis refuerza cómo sois. De esa forma, los hábitos y el carácter son cada vez más fuertes. El carácter crea acciones y las acciones refuerzan el carácter —dije yo.

—Pero, esperad un minuto. Retrocedamos un poco, Jen. Me gustaría saber, ¿qúe entiendes tú por tener éxito? —preguntó la abuela a su nieta.

—Bien, en primer lugar, para mí significa tener un trabajo apasionante. Luego, quiero una casa grande, un coche nuevo y ¡un montón de ropa maravillosa que ponerme! ¡Quiero ir a París, viajar! Ya sabéis, ¡todo! —se extasió Jennifer.

—¿Por qué quieres esas cosas? ¿Qué significan para ti? —prosiguió la abuela.

—Pues bien, un buen trabajo significa tener dinero suficiente para hacer lo que quieres. Supongo que lo que significa en definitiva es libertad. Ya sabéis, como la frase de los anuncios de lotería de la tele. Una buena casa seguro que impresionará a mis amigos. Las ropas bonitas me hacen sentirme bien. ¿Qué hay de malo en ello? —la voz de Jennifer empezaba a sonar recelosa.

—Nada en absoluto —la tranquilizó la abuela—. De modo que tú opinas que esas cosas son modos de satisfacer necesidades o sentimientos tuyos. ¿Hay otras maneras de sentirse bien, aparte de las que proporciona el dinero y las cosas materiales? —preguntó la abuela.

—Claro que sí. De acuerdo, ya sé que el dinero no debería ser lo primordial. Lo que pasa es que la gente acepta el dinero como símbolo de «persona con éxito». Y ahora no me vengáis con la consabida frase de que «el dinero no da la felicidad» o «el dinero pervierte», ¿eh? —nos reprochó.

—No, mi capitalista en ciernes —le prometí. Miré a la abuela buscando ayuda.

Ésta sonrió con aire entendido, se encogió de hombros y me dijo:

—Algunos caminos son más largos que otros.

Luego se volvió a Jennifer y preguntó:

—Jen, ¿te fue bien en el instituto?

—Sí, claro, abuela, ya lo sabes —contestó.

—¿Tuviste éxito?

—Sí, pero era diferente.

—¿En qué?

—En que entonces mi objetivo era obtener buenas notas para poder acceder a una buena facultad —explicó Jennifer.

—Y así lo hiciste. ¿Tuviste éxito en la universidad? —preguntó la abuela.

—Sí, pero insisto, era un caso diferente —respondió.

—¿Por qué?

—Porque mi objetivo entonces era obtener un buen empleo cuando me licenciara —defendió—. Sólo cuando empiece a trabajar tendré éxito de verdad. Los estudios no han sido más que un período de entrenamiento.

—Jen, cariño, no hay nada que sea sólo un período de entrenamiento. Todo se hace en serio. La vida no es un ensayo general, recuérdalo, en la vida no hay trampa ni cartón —le reprendió cariñosamente la abuela—. En todas esas ocasiones tuviste éxito, o sentiste que lo tenías, en diferentes momentos y por motivos diferentes, siempre en función del objetivo que tenías marcado cada vez. ¿Es posible entonces que el éxito personal se mida según criterios diferentes en momentos diferentes de la vida? ¿Y no será verdad que adquirir cosas tal vez sea sólo una de las muchas maneras de sopesar el éxito? —concluyó la abuela.

—Vale, entendido. Queréis que me replantee qué significa el éxito para mí. Pero abuela, yo deseo esas cosas de verdad y no veo por qué no tendría que desearlas. —Jen empezaba a enfurruñarse.

—No hemos dicho que no debas desear o tener todas esas cosas maravillosas que nos ofrece la vida —aclaré—. Sólo queremos asegurarnos de que has pensado a fondo en ello y que sabes qué significa el éxito para ti, no lo que significa para los demás. Lo que para ti es importante quizá no coincida con lo que otros crean que es importante. Procura tener en cuenta todas tus opciones antes de elegir una, y plantearte objetivos que para ti representen el éxito. Ya volveremos a ello en otra ocasión —terminé para dar fin al tema.

—¿Y ya sabes cómo tener éxito? —preguntó la abuela intentando abordar la cuestión desde otra perspectiva.

—No. Aún no. ¡Pero voy a aprender! —afirmó Jennifer.

—Bien. Ésta es la actitud correcta. Si deseas algo lo bastante y estás dispuesta a hacer lo que haga falta, y en este caso estás dispuesta a aprender, entonces tendrás éxito —fue el dictamen de la abuela.

—Eso suena razonable —convino Jennifer alegremente.

—Entonces, quizá lo primero que quieras aprender tenga que ver con el éxito en sí —sugirió la abuela avispadamente.

—Vale, vale, pensaré en ello. —Jennifer sacudió la cabeza riéndose—. Ya os mantendré informadas.

Susan había permanecido en silencio todo este rato. Envuelta en aquel quilt tan suave, se había acurrucado en el sofá de la abuela y nos escuchaba, pero la verdad es que estaba a kilómetros de distancia.

—Abuela, ¿crees que yo podría hacer un

quilt? Quiero decir, ¿podrías enseñarme? —preguntó sin mucha confianza.

—Pues claro que sí, Suzie, cielo. Estaría encantada de enseñarte —respondió la abuela.

—¡Qué gran idea! —Jennifer coreó con entusiasmo—. ¡Las dos podríamos hacer quilts y trabajar en ellos cada vez que vengamos a visitarte!

La abuela y yo nos miramos, sorprendidas. Aunque las muchachas llevaban toda su vida entre los quilts de su abuela, la habían visto elaborarlos y aun dormían bajo los que ella les había hecho cuando eran muy pequeñas, nunca habían mostrado ningún interés por hacer uno ellas mismas. Eso estaba pasado de moda. Les interesaban otras muchas cosas, y confeccionar un quilt les llevaría demasiado tiempo.

Hay una expresión que dice «cuando el alumno está dispuesto, aparece el maestro». Aunque parezca irónico, en este caso, el maestro llevaba mucho tiempo dispuesto y ahora eran los estudiantes quienes decidían aparecer.

—Bueno yo me animo, si vosotras estáis dispuestas —le dije a la abuela encogiéndome de hombros, y luego me dirigí a las chicas con el tono más severo que pude adoptar—: De acuerdo, pero, ¿sois conscientes de cuánto trabajo y cuánto tiempo implica?

—Por supuesto —asintieron con indulgencia. Las madres son una lata terrible, pero alguien tiene que desempeñar ese papel.

—¿Estáis dispuestas a comprometeros a hacerlo? ¿Estáis decididas de verdad a llevarlo adelante, pase lo que pase? —insistí.

Pensaron durante un instante.

—Sí, mamá —volvieron a asentir con firmeza—, queremos de verdad hacer esto.

—Esperad un minuto —pidió la abuela—. Asegurémonos de que entendemos qué es un compromiso. A ver, ¿qué es un compromiso?

—Es una promesa de hacer algo —contestó Susan.

—También es lo que cada parte asume en un pacto —añadió Jennifer.

—Sí. En este caso, vosotras acordáis hacer algo y la abuela acuerda hacer algo. ¿Qué es lo que hará que el pacto tenga efecto? —pregunté.

—Que cada una entienda el pacto y lo que se espera de ella —contestó Susan espontáneamente.

—Bien, de eso se trata. ¿Así que cuáles son las expectativas? —apunté.

—Bien, supongo que esperamos que la abuela nos enseñe a hacer un quilt y supongo también que la abuela espera que nosotras aprendamos —respondió Jennifer.

—Eso también implica que tal vez os dé consejos sobre la marcha y, como todos sabemos, a vosotras no os gusta seguir consejos, ¿no es así? —añadí—. De modo que, ¿podemos esperar que escuchéis y sigáis las instrucciones?

—Sí, mamá —contestaron a coro con tono hastiado.

—Por cierto, ¿qué sucederá si no cumplís el compromiso?

—Defraudaremos a la abuela —dijo rápidamente Susan.

—Sí. ¿Y a quién más?

—A ti —respondió esta vez Jennifer.

—¿Y a quién más, y más importante en este caso? —insté.

Las dos sabían a dónde iba a parar. Todas las madres hacen lo mismo. Creo que se debe a algo que en el hospital les ponen en el zumo de naranja cuando acaban de dar a luz.

—Nos defraudaremos a nosotras mismas —contestó Jennifer otra vez en tono fatigado mientras Susan asentía con la cabeza.

—¿Por qué?

—Porque en el futuro nadie creerá en nuestras promesas —respondió Susan.

Yo moví la cabeza afirmativamente:

—Perderéis la confianza de los demás. Eso se aplica a cualquier compromiso que adquiráis en la vida. Es importante que vuestro comportamiento no haga que la gente os retire su confianza. El cumplir los compromisos es una de las bases sobre las que se sostiene vuestra buena reputación, y uno de los fundamentos de todas vuestras relaciones.

—Mira por dónde, Jennifer, aquí tienes la primera lección sobre el éxito. Y también tú, Susan —señaló la abuela—. Ya sabéis, chicas, que una anciana como yo dispone de mucho tiempo para pensar en la vida y en lo que al parecer aporta felicidad a la gente. Y lo cierto es que algunas de mis mejores reflexiones se me han ocurrido mientras confeccionaba quilts. Unir retazos para confeccionar quilts me ha enseñado cosas que luego he podido aplicar a todo tipo de situaciones en la vida.

»A menudo he pensado que cada paso en la elaboración de un quilt es como una metáfora de lo que debemos hacer en la vida, en cada parcela de nuestra vida. Y finalmente he llegado a lo que yo llamo los "Doce hilos dorados" que componen una buena vida. Cada hilo representa una cualidad importante de tu carácter. La manera de tejer estos hilos a lo largo de tu vida determinará las decisiones que tomes, las direcciones que sigas y finalmente el éxito personal.

»Tus principios morales son como hilos que debes entretejer con habilidad para crear una pieza completa de tela, toda una vida. Cuanto más fuertes sean los hilos, más fuerte será el tejido, y cuanto más fuerte el tejido, mejor será el quilt. De modo similar, en la vida, cuanto más fuerte sea tu personalidad mayor éxito tendrás y más feliz serás.

—Me gusta la idea, abuela. «Hilos dorados para lograr el éxito personal.» Y una de ellos debe ser el compromiso, como acabamos de comentar, ¿verdad? ¿Y los otros? —preguntó Susan.

—El primer hilo dorado es «Asume un compromiso» —explicó la abuela—. Si queremos continuar adoptando el quilt como ejemplo, creo que los otros hilos dorados tendrán más sentido para vosotras si los vamos estudiando a medida que precisemos de ellos para la confección del quilt. No tardaréis en reconocerlos, pero, por el momento, recordad que el primer hilo dorado es el «compromiso» —repitió la abuela.

—El compromiso se nutre de vuestro deseo —añadí—. Cuanto más deseéis algo, más empeñadas estaréis en conseguirlo. Así que si estáis dispuestas a asumir un compromiso y queréis empezar a confeccionar un quilt, lo primero que debéis hacer es decidir la fecha en que queréis acabarlo.

Me miraron sorprendidas.

—¡Ni siquiera hemos empezado! ¿Cómo podemos saber cuándo acabaremos? —preguntó Jennifer.

—No he dicho que sepáis cuándo vais a acabar, sólo os he preguntado cuándo queréis acabar. Pensad en el quilt como vuestra meta. Ya os habéis marcado objetivos en ocasiones anteriores —les recordé.

—¿Acaso «Márcate una meta» es otro de los hilos dorados, abuela? —se adelantó Susan.

—Sí, exactamente. Las metas son como las costuras de una prenda, por ejemplo las de tu chaqueta. Sostienen todo el conjunto. Por lo tanto, al igual que las costuras, las metas dan forma y dirección a vuestra vida.

Me tocó a mí continuar.

—Recordad que hay que establecerse un objetivo que responda a las siguientes características: Que sea específico, así sabréis con claridad qué perseguís. Que sea mensurable, de tal manera que sepáis cuándo lo habéis alcanzado. Que sea realizable, para que no se convierta en una ilusión imposible. Que sea apropiado, y por consiguiente importante para vosotras. Y que tenga una fecha límite: poneos siempre un plazo. Si no se marca una fecha tope uno trabaja con vistas a un confuso «algún día» que nunca llega. Si os ponéis una fecha factible, eso os mantendrá motivadas y concentradas.

—¿Qué os parece por Navidades? —sugirió Jennifer, ilusionada.

—¡Es una locura! —se opuso Susan—. No olvides que primero hace falta que la abuela nos enseñe, y yo voy a clase y tengo que estudiar. Este año debo sacar buenas notas o, si no, no podré ir a la universidad. ¿Qué os parece cuando acabe la carrera? —fue su contraoferta.

—No, no, eso es demasiado tiempo —objeté yo—. Volvamos a lo mismo: daos un plazo razonable para hacer el trabajo, pero no tan largo como para que perdáis el entusiasmo y vayáis posponiendo su terminación. Aceptad un desafío. ¿Qué os parece un año? ¿Por estas fechas el año que viene?

—Pero, nosotras..., yo no podré hacerlo —se quejó Susan—. La abuela tarda un año en hacer un quilt ¡y es una experta! ¡Yo no tengo ni idea!

—¡Pero yo soy vieja! —la abuela se rió—. En esta vida las cosas siempre estan equilibradas. Vosotras las jóvenes podéis hacer cualquier cosa mucho más deprisa que yo. No es difícil, ya lo veréis. No os asustéis por el tamaño del quilt acabado, que es vuestro objetivo en este caso. Recordad: a camino largo, paso corto. Descompondremos todo el trabajo hasta dejarlo bien desmenuzado, así será más fácil y el tiempo pasará más rápido. Ya veréis. A la hora de llevar a cabo un proyecto, no hay que utilizar nunca los obstáculos como motivos para no empezarlo. Hasta el más tonto puede hacer un quilt una vez aprendidos los trucos más sencillos. Es igual que en la vida, sólo hacen falta unos pocos y simples hábitos. A mí, un año me parece un buen plazo. Además, quiero asegurarme de que aún sigo por ahí para ver el resultado.

—¡Oh, abuela, tú vas a vivir eternamente! —declaró Susan con convicción—. ¿De veras crees que podemos hacer un quilt en un año? —preguntó luego con incredulidad.

La abuela asintió.

—De acuerdo, un año —aceptó Jennifer, satisfecha.

—De acuero, un año —dijo Susan, no tan convencida.

A modo de resumen, dije:

—De modo que hemos adquirido un compromiso según el cual cada una de vosotras va a acabar un quilt para el año que viene por estas fechas, y cada mes, cuando vengamos a visitar a la abuela, trabajaremos por etapas en el proyecto.

Todas asentimos.

—Chicas —dijo la abuela después de reflexionar—, el diseño de vuestro quilt es una metáfora excelente del diseño de vuestra vida. Los esfuerzos que dedicáis al quilt representan los que hacéis en la vida y las lecciones que aprendéis en ella. En ambos casos, estáis creando algo que constituirá una parte de vuestro futuro, pues el hecho de marcaros un objetivo significa mirar hacia el futuro. Por lo tanto, un primer ejercicio muy importante es aseguraros de que el diseño del quilt sea exactamente el que queréis. Intentad representarlo en vuestra imaginación tal y como queréis que sea, con todos los detalles. Que sea grande y lleno de colorido.

—Eso mismo es lo que hacen los jugadores

profesionales de golf, ¿verdad que sí? —dijo Susan—. Primero practican un golpe en su fuero interno antes de salir a jugar. He oído que, de hecho, mejoran mucho ejecutando primero mentalmente los movimientos.

La abuela sonrió antes de continuar:

—Eso es. Y también podéis incluir en vuestra imagen mental lo bien que os sentiréis cuando acabéis la labor. Haced que la imagen resulte muy real. Cuanto más entusiasmo y júbilo sintáis al representárosla, más fácil será el trabajo y más motivadas estaréis para conseguir vuestro objetivo.

—¿Y cómo empezamos, abuela? —preguntaron.

—Empezamos —contestó— por ir al restaurante a comer. Hoy hay pastel de calabaza y no me lo quiero perder. Después de eso, os dejaré algunos de mis libros y revistas de quilts. Os los podéis llevar a casa para decidir qué motivo queréis utilizar y qué colores os gustan más. Os vais a divertir mucho las dos tomando decisiones y concretando el diseño de vuestros quilts.

»La próxima vez que me visitéis, dividiremos el trabajo en pequeñas partes y estableceremos el plan de acción —concluyó la abuela mientras nos dirigíamos a comer.

De regreso a casa, Jennifer y Susan examinaron las revistas de la abuela. Les dije lo contenta que estaba de que hubieran decidido confeccionar ellas solas unos quilts. Iban a compartir algo muy especial con la abuela. Les recalqué que la abuela era un fantástico modelo de conducta para ellas.

—Cuando encontréis a alquien que sea ya un experto y que haya triunfado en lo que vosotras queréis hacer, dejad que os sirva de modelo. Aprended de él, copiad lo que hace y asimilad las lecciones que os pueda ofrecer. Las cosas no pueden salir mal si lo hacéis así. Los modelos —expliqué— nos muestran con su ejemplo la forma de alcanzar nuestro objetivo y, además, nos señalan lo mucho que en algunos casos llega a costar conseguirlo.

—¿A qué te refieres? —preguntó Susan.

—Siempre se tiene que pagar un precio, bien emocionalmente o en tiempo y energía, o incluso hay que renunciar a algo que sea menos importante para nosotros. Por eso mismo, incluso los modelos negativos pueden mostrarnos lo que no debemos hacer o el perjuicio que nos acarreará el no conseguir nuestros objetivos.

—Esto me suena a otro de los hilos dorados de la abuela —dijo Jennifer en tono burlón.

—Umm. No del todo. Ya descubriréis que seguir los hilos dorados es un proceso que fortalece el carácter y da como resultado lo que llamaríamos un comportamiento correcto. Los modelos de conducta son útiles porque nos muestran el camino. Podríais considerarlos igual que los hilvanes que se utilizan en costura como guía para las puntadas definitivas —expliqué.

—¿De modo que, por ejemplo —dijo, Jennifer—, debería descubrir quién es el broker más eficiente de mi banco e intentar imitarlo?

—Sí, de eso se trata —confirmé.

—Mamá —terció Susan, perpleja—. ¿Es adecuado acudir a alguien y pedirle consejo preguntándole, por ejemplo, «¿comó conseguiste triunfar?»

—Desde luego, es una manera. En el mundo de los negocios o en el comercial es habitual que un ejecutivo o un alto empleado más experimentado tenga a su lado a un neófito, un aprendiz, como la abuela va a hacer con vosotras, para mostrarle todos los trucos. A eso se le llama ejercer de mentor. Pero cualquiera podría servir de modelo de conducta. Incluso alguien a quien no conozcáis. No tienen por qué saber que les estáis copiando —respondí.

—¿Qué diferencia hay entre un modelo de conducta y una heroína? —preguntó entonces Jennifer.

—La diferencia es sutil —expliqué—. Una heroína es alguien a quien admiras y a quien quieres parecerte. Un modelo es alguien cuyo comportamiento quieres imitar. Tal vez ni siquiera te guste como persona. Por ejemplo, quizá no te guste una atleta en concreto porque tiene unos modales horrorosos o porque es arrogante, pero puedes seguir la conducta que le ha llevado a tener éxito: su constancia en la práctica diaria, en la dieta adecuada y así sucesivamente. ¿Comprendéis lo que digo?

Las dos asintieron.

—¿Pueden ser modelos de conducta personajes históricos o gente famosa? —preguntó Susan—. Uno de mis profesores dijo en una ocasión que la madre Teresa es una gran maestra. Yo quiero ser maestra, así que si estudio a la madre Teresa ¿seré mejor maestra?

—Eso es —la animé—. Cuando conozcas bien a tu modelo y lo comprendas, cada vez que te encuentres en una situación determinada podrás preguntarte, ¿cómo abordaría fulano de tal esta situación? O, ¿qué haría ahora fulanito? Eso te facilitará el tomar decisiones. Sencillamente se trata de crear un consejo mental de asesores, constituido por personas cuya opinión tú respetas, a quienes pides orientación e ideas. Ya veis, a menudo elegimos los héroes de nuestra vida porque son una representación de nuestra propia identidad ideal.

—¿Podría incluir a la abuela en mi consejo de asesores? —preguntó Susan.

—Claro que sí. ¡Es alguien que siempre me gustaría tener en mi equipo! —afirmé—. De todas formas quiero mencionaros una preocupación que debéis tener en cuenta. Aseguraros que la versión del éxito de vuestro modelo de conducta y su modo de obtenerlo coincide con el vuestro. Como hemos dicho antes, debes tener claro lo que significa el éxito para ti —añadí dirigiendo esta observación a Jennifer.

—Ganar dinero —contestó con seguridad y obstinación.

—¿A cualquier precio? ¿Aunque signifique robar o mentir, por ejemplo? Si escoges como modelo a alguien que ha hecho negocios sucios, ¿seguirías su ejemplo? —pregunté.

—¡No, por supuesto que no!

—Me alegro. Pero, ¿qué pasaría si trabajara viente horas al día para lograr el éxito?

—Estoy dispuesta a trabajar así de duro si hace falta.

—No lo dudo. Pero, ¿y si eso significara no disponer nunca de tiempo para salir con chicos, enamorarte o tener una familia? O, si te casaras y tu trabajo interfiriera tanto en tu relación que acabaras divorciándote, ¿sería eso el éxito para ti, incluso aunque hubieras ganado un montón de dinero?

—No. ¡Pero a mí no me va a pasar eso! —protestó Susan.

—Ay, cielo, eso dice todo el mundo. Nadie planea que sucedan desastres en su vida. Pero ser consciente de lo que puede llegar a pasar como consecuencia de tus decisiones, saber cuál es el precio oculto de tus elecciones y planificar de acuerdo con ello es una manera de impedir que sucedan cosas negativas, o, como mínimo, de reducir su impacto al estar alerta y preparada para las posibles consecuencias. Además de saber qué es el éxito y por qué lo deseas, hace falta ser consciente de lo que te va a costar conseguirlo, y asimismo del perjuicio que te supondrá no lograrlo. Por eso estudiamos los ejemplos de los modelos, para así poder elegir más inteligentemente.

Hice una pausa para tomar aliento.

—Cuando decides hacer algo, normalmente el precio es renunciar a hacer otra cosa. Si te conviertes en médico, no puedes ser abogado. Obviamente no es posible escoger todo.

—Bueno, ¿y qué? —arguyó Jennifer con mal humor.

—Pero sí puedes escoger ser feliz y asegurarte de que todas las decisiones referentes a tu vida vayan encaminadas hacia la satisfacción. Posiblemente eso no tenga nada que ver con el dinero. Lo que quiero decir, cariño, es que el éxito puede significar cosas diferentes para la gente, en momentos diferentes de su vida. Por sorprendente que parezca, no todo el mundo quiere ser millonario. Hay muchas maneras de tener éxito y muchas maneras de lograrlo. Por ejemplo, Ghandi fue una persona con un éxito extraordinario aunque no poseía una sola cosa. Tuvo una influencia tremenda sobre su pueblo y eso era importante para él. Tuvo éxito en lo que intentaba hacer por los suyos, pese a que no consiguió llevar a cabo todo lo que pretendía.

—O sea que si el éxito cambia todo el rato y no se puede medir con cosas materiales ni con lo que ganas o ni siquiera con tus logros, entonces, ¿qué es el éxito? —Jennifer estaba perpleja, buscaba con afán una respuesta concreta.

—Hay una definición del éxito que quizá te lo aclare un poco —expliqué—. «El éxito puede considerarse simplemente el movimiento continuado de avance hacia un objetivo, sea cual fuere ese objetivo.» En otras palabras, es el proceso, no el producto —le dije.

Jennifer reflexionó un instante y replicó.

—Ya veo. Entonces, una persona con éxito es alguien que se esfuerza constantemente por acercarse a su meta. Puede tener éxito aunque no consiga alcanzar esa meta —comentó.

—Exacto. Y cuando alcanza esa meta se marca otra. Según esta definición, el éxito no es el objetivo en sí, es mantenerse en el camino hacia la meta. Si adoptas esta definición del éxito haces que tu vida sea mucho más feliz, porque puedes tener éxito en todo momento, no sólo al final. La aventura más maravillosa es la del viaje. Siguiendo con este ejemplo, si el viaje hasta la meta dura diez días, sólo se llega una sola vez, el décimo día. Pero viajas durante nueve días para llegar allí. Yo preferiría ser feliz y sentir que tengo éxito durante nueve días en vez de sólo uno. Y, como tú bien has señalado, puedes sentir que tienes éxito incluso sin llegar a la meta —expliqué.

—¡Me gusta la idea! —sonrió Jennifer—. ¡Y supongo que también se pueden hacer excursiones adicionales si uno quiere!

—Por supuesto, durante el viaje es cuando suceden todas las cosas interesantes y surgen todas las oportunidades de aprender. Como con vuestro proyecto de confeccionar cada una un quilt. Cuando los tengáis acabados será fantástico, pero imagino que las cosas que os harán pensar sucederán a lo largo del camino, mientras trabajáis —continué—. El placer de ver la labor terminada se verá aumentado por los recuerdos de vuesta experiencia durante su creación.

—O sea que todo nos lleva otra vez a lo importante que es tener objetivos en la vida: el segundo hilo dorado de la abuela —reflexionó Susan.

—De acuerdo. Decididamente voy a pensar en todo esto del éxito y de marcarse objetivos —nos dijo Jennifer—. ¿Me ayudaréis?

—Por supuesto que sí. Igual que diseñáis vuestros quilts, el objetivo será de qué modo diseñáis vuestra vida. Una vez sepáis lo que queréis, por qué lo queréis y lo que va a costaros, entonces el primer ejercicio es imaginarlo mentalmente, y el segundo ejercicio, encontrar y seguir un modelo de conducta —expliqué recapitulando la fórmula de la abuela.

—Un modelo como por ejemplo la abuela —sugirió Susan.

—Sí. Y ahora, en cuanto a esos quilts, chicas, pongamos las cosas claras. Si todo esto de los quilts no es más que un capricho pasajero, por favor, meditadlo en serio y decidíos ahora. La abuela lo entenderá si preferís cancelar el proyecto —fue mi sugerencia.

Pero ya estaban ojeando apresuradamente las revistas de su abuela, exclamando admiradas ante alguna combinación de colores, un diseño impresionante, pero sobre todo criticando cada una las opiniones de la otra y calificándolas de solemnes tonterías, como suelen hacer las hermanas.

Mientras regresábamos en coche a casa, reflexioné para mis adentros sobre los giros sorprendentes y curiosos que la vida puede proporcionar en un día.

Así que nos habíamos embarcado en un año de costura para confeccionar dos quilts. El compromiso estaba tomado, pese a que aún nadie conocía cuál sería el resultado de ese trabajo ni las acciones que supondría realizarlo. También teníamos un plazo para su ejecución. Un objetivo a un año vista. Ellas ya estaban empezando a visualizar el resultado final y la abuela sería su modelo.

Cuando el coche enfiló la calzada particular

de nuestra casa me sentía contenta y tranquila. Era un buen principio, pensé. Las chicas estaban excitadas y yo me sentía feliz y orgullosa de mis mujercitas. Habría cosas que aprender en este próximo año.

Hilo dorado n.º 1
—*Adquiere un compromiso*

Hilo dorado n.º 2
—*Márcate una meta*

- Cuando crees y deseas de verdad puedes lograr lo que te propongas.

Marca un objetivo y desarrolla hábitos que ayuden a tener éxito.

Los hábitos de actitud tienen que ver con la forma de sentir y de pensar. Los hábitos de actuación son los del comportamiento.

Todo lo que se hace produce un resultado, todo resultado repercute en lo que se hace.

Cuando asumas un compromiso cúmple. Marca una meta. Las metas dan forma y dirección a la vida.

Los objetivos deben de ser específicos, realistas (realizables) y mesurables; que tengan una fecha límite y lo más importante que sea apropiado e importante para uno. Las fechas límite deben de factibles, así se mantiene la motivación y la concentración. "A camino largo paso corto. Nunca se debe de utilizar los obstáculos como pretexto para no empezar.

Define bien lo que se quiere y luego visualízalo. Imagina con todo detalle incluye el sentimiento de triunfo, alegría y bienestar que sentirías al alcanzar tu meta. Crea una imagen tan real como sea posible.

Ten un modelo de conducta, aprende de él copia lo que hace y asimila sus lecciones.

Crea un concejo mental de asesores contituido por personas cuya opinión tú respetas a quienes pides orientación e ideas.

—44—

El exito no es el objetivo en sí, es mantenerse en el camino hacia la meta.

NOVIEMBRE

PRIMEROS PASOS

Esta mañana nos pusimos en marcha más tarde de lo normal. La abuela había llamado para pedirnos un favor.

—Si Robbie ya no se pone aquella camisa roja con los barquitos púrpura yo la aprovecharé para cortarla y utilizarla para mi nuevo quilt. ¿Ya han escogido sus diseños las chicas? Bien. Hasta luego. Y conducid con cuidado. Anoche nevó un poco y la carretera está resbaladiza.

A la abuela le disgusta ver que se desperdician la cosas, sea lo que fuere.

Quiere aprovecharlo siempre todo y tiene una memoria que no perdona. Su frugalidad chapada a la antigua, fruto de las penurias de su juventud, impera otra vez en programas de reciclaje a lo largo y ancho de todo el país, como respuesta a las penurias medioambientales. Lo viejo vuelve a ser nuevo.

O sea que había que encontrar esa camisa. Imagino que cuando has llegado a los ochenta y cinco años, la gente no debería decepcionarte, a ser posible.

Aquella camisa en concreto había pertenecido a Jack. Cuando murió, Robbie se la estuvo poniendo a diario durante un mes. Ni siquiera los chicos de la escuela, normalmente tan alborotadores e insensibles, se atrevieron a tomarle el pelo por lo chillona que era. No tuve valor para disuadirle. La verdad es que a mí me hubiera gustado poder hacer lo mismo, retener a Jack de alguna manera en torno a mí. Lo que sí hice fue obligar a Robbie a lavar la camisa, cosa que llevó a cabo en silencio y a solas, a mano. Nunca supe qué tenía aquella prenda exactamente, pero presentía que en ella había algún recuerdo, tal vez de un rato compartido por padre e hijo, que Robbie necesitaba mantener vivo. Qué instintiva es la manera en que nos aferramos a los símbolos. Robbie tenía trece años y aquello fue muy duro para él.

Ahora, al volver la vista atrás, me doy cuenta de que tuve mucha suerte, pues el estar obligada a sacar adelante la casa y tres hijos hizo que el trance me resultara más llevadero. El dolor se fue desvaneciendo. Como una estación de la que el tren se aleja, retrocedió lentamente en la distancia del pasado. Después de un tiempo, Robbie apenas se ponía aquella camisa, luego dejó de ponérsela del todo y, finalmente, la camisa acabó en el cesto de telas para retales.

Ahora, por fortuna, alguien volvía a querer la prenda. Los quilts de la abuela son siempre un maravilloso montaje de material viejo y nuevo, de conexiones entrelazadas en el tiempo. La abuela recoge, examina, elige y transfiere fragmentos del pasado lleno de colorido al presente, material y metafóricamente. Las mujeres conectamos de un modo visceral con las metáforas, no sólo en lo referente a las palabras, sino en nuestras vidas. Nuestras acciones cotidianas adquieren un significado simbólico más profundo y personal. Y, aparte de todo, es muy divertido descubrir los recuerdos en las colchas de la abuela.

A punto de cumplir ochenta y cinco años, el presente de la abuela tiene más que ver con el pasado que con el futuro, excepto en ocasiones como éstas, en las que transmite su conocimiento a otros: a nuestras chicas, que van a ser el futuro.

Como la abuela no sabe conducir, siempre que podemos la llevamos a dar paseos en coche. Esta vez fuimos a celebrar la comida de Acción de Gracias. Desde luego, teníamos muchas razones para estar agradecidas. Mientras contemplaba a la abuela y a mis hijas, pensé en lo feliz que me sentía a mi edad madura, en una posición confortable entre la sabiduría y la serenidad de la abuela y la inocencia y el entusiasmo de las chicas.

—¡Esto es lo que quiero hacer, abuela! —Jennifer era toda sonrisas al abrir el cuaderno para mostrar su diseño, un arcoiris desordenado de colores—. ¿No es precioso? ¡Es tan alegre y moderno!

—Umm. —La abuela echó un vistazo experimentado a la página y pareció dar su aprobación—. Bueno, esto desde luego va a ser todo un reto para ti.

—Es bastante ambicioso —corroboré yo moviendo afirmativamente la cabeza y pensando que quizá lo era en exceso. ¿Alguna vez dejaría de considerarla una niña pequeña que se empeña en coger cosas que no alcanza? Nuestro instinto nos empuja a sobreproteger a los hijos, pero por otro lado siempre les hemos dicho que deben esforzarse al máximo, ¿no?

—¡Se va a quedar ciega trabajando en él! —exclamó Susan en son de reproche—. ¡Mirad todos esos pedacitos tan pequeños! ¡Cuánto trabajo!

—Eso es lo que lo hace interesante. Como mínimo el mío no será aburrido —contraatacó Jennifer—, como el tuyo —añadió en voz baja.

—Pues el tuyo no vas a acabarlo nunca. Sabes que jamás acabas nada de lo que empiezas —dijo Susan con una sonrisa burlona.

—Nadie se molestará en mirar el tuyo —replicó Jennifer dándose tono.

Es evidente que las pullas son habituales en esta familia.

—Veamos tu diseño, Susan —terció la abuela con cierta impaciencia.

Susan había escogido un sencillo diseño «Canoas cruzadas» con «Gansos voladores» por la franja exterior, que iba a confeccionar con estampados de calicó en tonos apagados.

—¡Al menos el mío no me quitará el sueño por la noche! ¡Ni relumbrará en la oscuridad y me dará pesadillas! —afirmó Susan provocando otra vez a Jennifer.

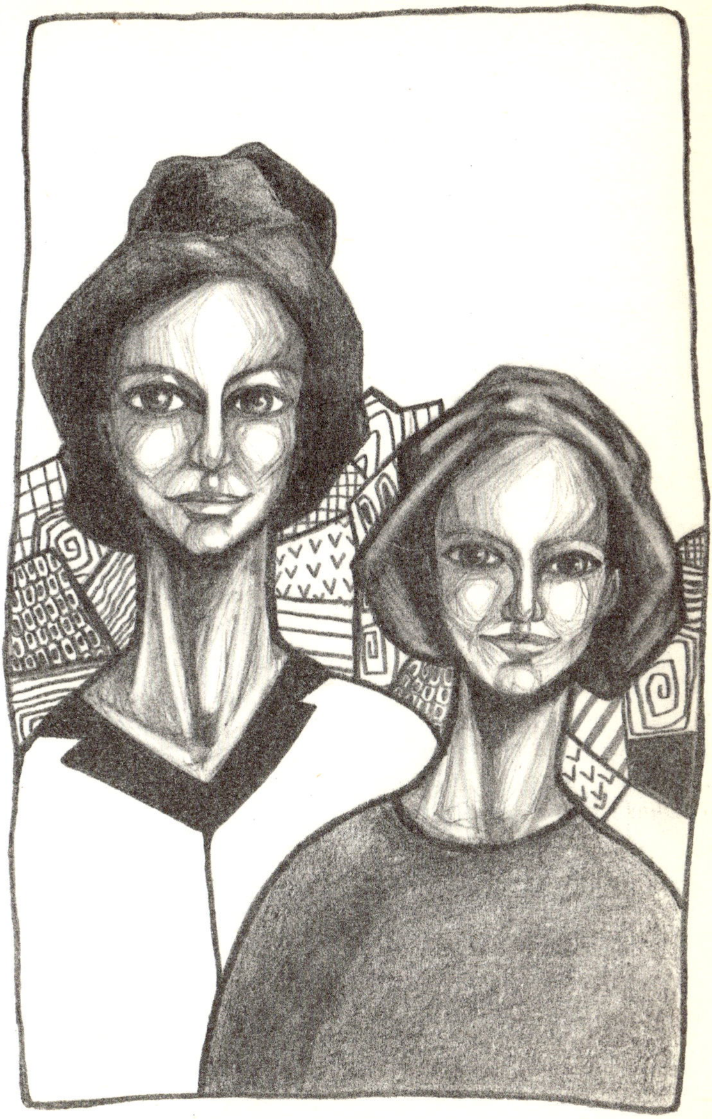

—Y llevamos así todo el mes... —suspiré en tono de hastío mirando a la abuela.

La abuela se limitó a sonreír, pasó por alto las burlas y dijo:

—Vaya, esto está muy bien. Las dos habéis escogido algo diferente y cada elección complementa vuestras personalidades. Igual que en vuestras facetas profesionales: Susan, tú quieres ser maestra y tú, Jennifer, quieres dedicarte a los negocios. Lo principal es que lo que escojáis en la vida sea congruente con vuestra personalidad y vuestros valores. Congruencia significa «estar en conformidad armoniosa». Cuando tus acciones están en concordancia con tu identidad interior y tu personalidad, estás contenta, disfrutas de una armonía interior. Como decimos nosotros los viejos, sé sincero contigo mismo.

—En términos psicológicos —continué yo—, uno de los caminos más rápidos hacia la infelicidad y la confusión interior es ser incongruente con tus creencias. Con demasiada frecuencia, la gente no es del todo consciente del desastre que está provocando en su vida, o simplemente no admite que lo está haciendo. Por ello, uno debe reflexionar acerca de lo que hace, acerca de las posibles repercusiones y de lo que puede suponer para su yo más íntimo. Si no hay congruencia entre lo que uno cree y lo que hace, es imposible lograr la paz mental. Por eso el dinero no puede comprar la felicidad, Jen, cuando proviene de acciones incoherentes.

La abuela asintió con la cabeza y sonrió.

—Y, por supuesto —dijo—, la otra cara de la

congruencia es el aceptar a los demás. Jennifer, tu diseño es audaz, ambicioso y hermoso. Susan, el tuyo es delicado y sereno, y también hermoso. Las dos sois mujercitas diferentes. Permitid a la otra ser diferente. Apreciad y apoyad las diferencias y alegraos de no ser copias calcadas la una de la otra. Gracias a las ideas y a los pensamientos diferentes de la gente, la vida es más interesante que si todo el mundo fuera igual. Descubrid qué es lo adecuado para vosotras, pero aceptad lo que otra persona considera conveniente y respetad que sea coherente consigo misma.

Me tocó otra vez a mí continuar.

—Como decimos nosotras las mujeres maduras, «la belleza está en la mirada del observador». ¿Qué es hermoso? Susan, tú dirás que «A» y Jennifer, tú dirás que «B». Las dos tenéis razón. Lo cierto es que la realidad la conforma la manera de ver la vida de cada cual. Ya conocéis la expresión: ¿está el vaso medio vacío o medio lleno? Todo depende de la perspectiva, de la manera de interpretar lo que ves en la vida.

»El proceso de crecimiento y madurez requiere a menudo mirar la vida y ver las cosas de formas diferentes. Si quiero que cambie la realidad o la vida, soy yo quien ha de cambiar en primer lugar. Hay que estar preparada para alterar la forma de observar la vida. Si uno no consigue reconocer cuándo ha llegado el momento de abandonar una idea, actitud o conducta, las consecuencias pueden ser fatales para el éxito de un individuo, igual que para el de una empresa o incluso de una sociedad.

»En un mundo en el que el cambio nos sobreviene cada vez a un ritmo más precipitado, la capacidad para cambiar de idea es crucial. La palabra "cambio" es otra denominación del tiempo. El tiempo nos permite observar el vaso y ver si se está llenando o vaciando, y ese conocimiento nos permite adaptarnos. Si decides estar abierta a los cambios y adoptas esta actitud, siempre estarás segura de tu capacidad para contender con cualquier dificultad, y eso ayuda a vencer el temor al futuro y a las incertidumbres a las que todos hacemos frente.

La abuela mostró su aprobación y prosiguió mi razonamiento.

—Si estáis de acuerdo en que las dos tenéis razón al juzgar lo que es un quilt hermoso y, por lo tanto, ninguna de las dos se equivoca, ¿no podríais apoyar el punto de vista de la otra sin sentiros amenazadas? ¿Sí? Bien, entonces quitaos los guantes de boxeo, venid aquí y estrechaos las manos. Tenemos mucho que hacer. ¿De acuerdo? De acuerdo.

—La abuela tiene razón —admitió Susan de buena gana—. Y como dice mamá, aunque tu objetivo sea diferente al mío, es el camino que nos conduce a la meta lo que importa.

—Es verdad. Y ahora mismo las dos estamos en el mismo camino, con la abuela de guía. Sea cual fuere el destino, lo que cuenta es el viaje, ¿no es así, mama? ¿Y cómo iniciamos este viaje por la tierra de los guilts, abuela? —preguntó Jennifer.

—Aquí es donde interviene el plan de acción —declaró la abuela—. Ya hemos dicho lo importante que es que vuestras acciones sean congruentes con vuestros principios. Ahora, ha llegado el momento de hablar del plan en sí.

—Recordad, el primer hilo dorado es «Adquiere un compromiso» y el segundo «Márcate una meta». Pues bien, el tercer hilo para lograr el éxito es «Hazte un plan de trabajo y ejecútalo». Igual que nunca te fiarías sólo de tu memoria para recordar cada uno de los retales que conforman el diseño de tu quilt y prefieres dibujarlo en el papel, debes poner el plan por escrito. Como el patrón de papel para confeccionar un vestido. De hecho, el proceso de poner por escrito el plan refuerza el compromiso y te obliga a fijarte en los pasos que tienes que dar para conseguir tu objetivo. Se trata de los P-A-S-O-S del plan, unas siglas fáciles de recordar que simbolizan los elementos esenciales: Prioridades, Acción eficiente, Simplicidad, Ordenación temporal y, una vez contamos con todo esto, ya se puede dar la Salida.

»En primer lugar, la P de prioridades. Clasificad las tareas de acuerdo con su importancia y urgencia y en el orden de sucesión necesario para llevar a cabo el plan. No hay que empezar la casa por el tejado. En otras palabras, lo primero es lo primero.

»A continuación viene la A de acción eficiente. Esto significa examinar todas las posibles vías de acción hasta dar con la que nos conduzca al final del modo más directo, en el mínimo de tiempo.

»Luego, la S de simplicidad. Procurad que vuestro plan sea lo más sencillo posible. Reducidlo hasta quedaros con las acciones más importantes. Desmenuzad todo el proyecto en tareas menores que sean más fáciles de abordar.

»Y después tenemos la O de ordenación temporal. Coordinad cada una de las pequeñas tareas. Estableced una fecha para completar cada sección —la abuela hizo una pausa para limpiarse las gafas.

Las muchachas asintieron y yo retomé las explicaciones.

—Como veis, la planificación tendría que ser la parte más sencilla del proceso. Consiste simplemente en pensar en todo momento con lógica e identificar todas las acciones necesarias. La planificación debería de ser fácil y la ejecución la parte difícil. No obstante, con mucha frecuencia, la gente se atasca precisamente en el proceso de planificación.

—Ya sé a qué te refieres, mamá —corroboró Jennifer—, tengo amigos que siempre están hablando de sus planes para hacer cosas pero nunca llegan a hacer nada.

—El año pasado, en el instituto —contó Susan—, una chica de mi clase y yo salíamos juntas. Me dijo que tenía un plan de estudio increíble en su ordenador. Me interesé por el tema así que me lo enseñó. Cada semana imprimía una nueva versión de su programa de estudio y el plazo que fijaba para acabar sus proyectos. Después caí en la cuenta de que en realidad no dejaba de planear una y otra vez el mismo trabajo, los mismos escritos y estudios, sin que nada pasara.

»A medida que se acercaba la fecha de entrega, cada día aparecía con un nuevo plan de trabajo, convencida aún de que conseguiría hacerlo todo. Si hubiera dedicado parte del tiempo malgastado en tanta planificación a trabajar de verdad, podría haber logrado algo. ¡Al cabo de unas semanas yo ya no soportaba tenerla cerca!

—Por desgracia, se trata de un ejemplo típico, Suzie, de alguien que no es tan inteligente como aparenta —le aseguré—. Pero debes intentar que ese ejemplo negativo no te disuada. Lo importante es, una vez que has conseguido un plan factible, ¡haz el trabajo! El plan no tiene por qué ser perfecto antes de pasar a la acción. Un plan no es nada por sí solo. No es un sustituto del trabajo. Existe únicamente para mantenerte centrado, sin apartarte del camino. Por eso se llama plan de acción, ¡no plan de planes! ¡Y sabéis cuál es el más importante de los P-A-S-O-S?

—¿Cuál? —preguntó Susan sumisamente.

—El último. La S final. Indica la señal de Salida. Hasta que se empieza el trabajo no se consigue nada. Un plan sin acción no es más que un sueño inútil. Como en el caso de tu amiga, Suzie. Nunca se puso manos a la obra.

»Una cuestión final sobre la planificación. Si el compromiso es una faceta positiva que desarrolla tu carácter y te convierte en una persona en la que se puede confiar, ¿qué cualidad creéis que demuestra el que seas capaz de seguir un plan? —pregunté.

—Que eres trabajadora —aventuró Jennifer.

—Sí, ¿pero qué es lo que te hace ser trabajadora? —insistí.

—Umm, la persistencia —sugirió Susan.

—Digamos que sí. ¿Qué te hace persistente?
—¿La disciplina?
—Correcto. La autodisciplina. ¿Creéis que en el mundo laboral la autodisciplina es una cualidad que los empresarios valoran en sus empleados? —sugerí.
—Seguro. Puedes apostar a que sí. Porque así saben que eres organizado y que acabarás el trabajo sin que ellos tengan que supervisarlo todo a todas horas —respondió Susan.
—Por lo tanto, ¿creéis que la gente puede prosperar sin autodisciplina?
—¡En absoluto! —afirmaron ellas.
—Y, por todo esto, la planificación es el hilo dorado número tres —confirmó la abuela.

Durante el resto de aquella tarde tranquila, la abuela mostró a Jennifer y a Susan la manera de crear plantillas de cartulina, que luego emplearían para cortar cada retazo de tejido. Después les enseñó a calcular la superficie total y los metros de tela que necesitarían comprar.

Cuando nos marchamos, Jennifer y Susan ya habían redactado su plan de acción para el próximo año, descrito mes a mes. Tenían todos sus P-A-S-O-S sobre el papel. Era un plan con prioridades, acciones eficientes, simplicidad, ordenación temporal, y podíamos decir que habíamos dado el pistoletazo de salida.

Sabían exactamente qué cantidad de tela necesitaban para la capa superior del quilt y para el forro. Habían elaborado un presupuesto. Nos habíamos puesto de acuerdo para ir a comprar el material. También habían discurrido ideas alternativas y colores opcionales por si no encontraban lo que querían o su presupuesto no se lo permitía.

El proyecto completo se había desmenuzado en tareas menores que ellas realizarían en el intervalo del mes que separaba las visitas a la abuela. Primero iban a lavar y planchar todos los tejidos y al mes siguiente estarían listas para empezar a cortar todos los retales del quilt. Después de aquello habría que coser entre sí todos los parches de la superficie. A continuación añadirían el relleno y el forro e hilvanarían todas las capas juntas. Luego vendría la labor de acolchado a mano, hasta añadir la cenefa final. Y, por último, habría que firmar y poner fecha al quilt ya acabado y, cómo no, celebrar el éxito. Había mucho que hacer.

Planea el trabajo y pon en práctica tu plan, decía siempre Jack, y aquí estaban nuestras chicas haciendo precisamente eso. Se habría sentido orgulloso de ellas.

La abuela ya había hilado tres de sus hilos dorados. Teníamos un *compromiso*, una *meta* y ahora un *plan de acción*. Por el momento, las cosas iban por buen camino.

Hilo dorado n.º 3
Hazte un plan de trabajo y ejecútalo

DICIEMBRE

NO TOMES DECISIONES PRECIPITADAS

Las Navidades en nuestra casa son siempre una época maravillosa, de actividad frenética. Tantas idas y venidas. Tantas subidas y bajadas. Algunas desavenencias, muchos abrazos. Imágenes de recuerdos nos rondan momentáneamente, luego flotan como las hojas en el otoño, caen al suelo del bosque y forman una tierra rica que nutrirá los nuevos brotes en primavera.

Le tomé el pelo a Robbie diciéndole que lo único que me traía por Navidad era su ropa sucia. Las chicas colgaron los calcetines sucios de deporte de su hermano en la repisa de la chimenea como decoración navideña. Él les pispó las medias y enguirnaldó el árbol con ellas. Pero el día de Nochebuena, yo dije la última palabra y coloqué en cada uno de los calcetines de Navidad una caja diminuta de detergente con una fotocopia de las instrucciones de nuestra lavadora. Tonto humor familiar.

Alguien dice «echo de menos a papá», y durante un rato todos nos quedamos callados.

Suena el timbre de la puerta y los vecinos irrumpen festivamente para tomar galletas navideñas y ponche de huevo; se sacuden la nieve de la ropa, frotan los pies en la alfombrilla y llenan la casa de sonoros y alegres saludos. A las chicas las complace sobre todo la admiración que despierta su cuidadosa decoración del árbol. No sé por qué, pero no recuerdo haber visto nunca un árbol de Navidad feo.

—Ya sabéis que por Navidad siempre intento regalaros cosas diferentes a las dos —explicó la abuela al entregarles los paquetes la mañana de Navidad—, pero este año parece apropiado que ambas recibáis lo mismo.

Se apresuraron a abrir los regalos.

—¡Abuela, esto es genial! ¡Mi propio costurero! —exclamó Susan con entusiasmo—. ¡Ya no tendremos que tomar prestadas las cosas de mamá!

—Ni tomarlas prestadas ni extraviarlas —corrigió Jennifer—. ¡Qué fantástico! Mira, mamá, todo lo necesario para coser. ¡Gracias, abuela! —la abrazó cariñosamente.

La abuela se había encargado concienzudamente de incluir cintas métricas, reglas, alfileres y acericos provistos de un elástico para sujetarlos alrededor de la muñeca, agujas normales y agujas pequeñas para acolchar. También incluyó un cutter con cuchillas de recambio y un tablero para cortar, unas tijeras de calidad superior para las telas junto con un par de tijeras corrientes para cortar papel, un descosedor y tijeritas de cortar hilos dotadas de un cordón para colgarlas del cuello y tenerlas siempre a mano. Había pensado en todo.

Los regalos impulsaron a Jennifer y Susan a ir derechas al cuarto de costura, a buscar sus quilts. Estaban deseosas de estrenar sus nuevos regalos.

—Hoy trabajaremos en serio —las animó la abuela—. Oíd, alguien dijo en una ocasión que un quilt es el autorretrato de la persona que lo ha hecho. Así que aseguraos de que firmáis una labor excelente. El hilo dorado número cuatro es: «Haz siempre un trabajo de calidad». Quizá sea una idea chapada a la antigua, pero me da igual, quiero que lo hagáis lo mejor posible, ¿conformes?

—En realidad no es tan anticuada, abuela —repliqué yo—. Hoy en día, en el mundo de los negocios se vuelve a los valores tradicionales de calidad y servicio. La gente está cansada de chapuzas y de recibir malos tratos de quienes supuestamente trabajan en el departamento de atención al cliente. El comercio por fin está reaccionando ante los clientes que proclaman «me voy con mi dinero a otro sitio». Es algo que les afecta directamente al bolsillo.

—Lástima que hayan obligado a los clientes a recurrir a eso —se lamentó la abuela—. Preferiría que hubieran rectificado simplemente porque era lo debido. Pero supongo que eso no lo podemos cambiar nosotras. —La abuela se encogió de hombros y continuó—: Ahora, dejadme ver los tejidos que habéis escogido para los quilts.

Inspeccionó cada una de las telas y finalmente declaró:

—Habéis elegido con muy buen tino. Son tejidos de calidad que durarán. ¿Os ha ayudado vuestra madre a seleccionarlos? ¿No? Entonces habéis hecho instintivamente lo adecuado.

»Los quilts probablemente sean una vuelta a los tiempos de la artesanía y del trabajo a mano. Hoy día se pueden comprar a muy buen precio quilts confeccionados en fábrica. Pero habéis decidido invertir tiempo en hacer uno con vuestras propias manos. Debéis hacerlo bien y aseguraros de que vuestra obra sea duradera. No escatiméis esfuerzos a la hora de conseguir calidad. Una labor de calidad no se deteriora fácilmente. Si hacéis vuestro trabajo con primor, tendrá calidad.

»En la vida es posible ir tirando a base de hacer las cosas con el mínimo de perfección requerida, pero recordad que el trabajo de calidad sobrepasa con mucho las expectativas mínimas —concluyó la abuela.

—¿Cómo se consigue? —preguntó Susan.

—He descubierto que existen unas cuantas normas sencillas que, aplicadas a cualquier forma de artesanía, consiguen un producto de calidad. La norma número uno es: utiliza los mejores materiales posibles. Ya conocéis el refrán: «Quien se viste de ruin paño, dos veces se viste al año», lo que quiere decir que si una prenda no se hace con tejidos sólidos, se ajará enseguida.

—Parece lógico —asintió Jennifer—. ¿Cuál es la segunda norma, abuela?

—La segunda norma es: utiliza las mejores herramientas. Las herramientas de calidad hacen que el trabajo sea más preciso, más eficiente. Tanto si hay que pintar una casa como crear una obra maestra de la acuarela, siempre existe el pincel adecuado para hacer esa tarea. Por eso he querido que las dos tuvierais los mejores utensilios para confeccionar vuestros quilts.

—¡Deberíamos haber adivinado que tenías un motivo oculto! —se rió Susan, y luego preguntó—: ¿Hay una tercera norma?

—¡Por supuesto que sí! La norma número tres es: depura tus habilidades. En otras palabras, domina tu profesión. Tanto si hablamos de costura, como de tratar al cliente, enseñar matemáticas o leer informes financieros, practica todo el tiempo para mejorar tu técnica.

—Practicando se consigue la perfección —dijo Jennifer.

—No, sólo se consigue si se practica de modo adecuado —corrigió cariñosamente la abuela—. Si sigues haciendo las cosas mal una y otra vez, lo único que mejoras es la manera de hacer mal las cosas. Repite bien las cosas una y otra vez. Así es como conviertes el trabajo diestro en un hábito fructífero.

—¿Norma número cuatro? —preguntó Jennifer.

—La norma número cuatro es: trabaja meticulosamente. Así de sencillo. Trabaja con cuidado. Presta atención a los detalles. Como suele decirse, no tomes decisiones precipitadas, lo cual significa que hay que tomar medidas y volver a tomarlas antes de cortar la tela. Ser meticuloso evita errores desastrosos. ¿Y cuál sería la norma número cinco? —preguntó la abuela con la sonrisa maliciosa.

—¡Repasa las normas números uno, dos, tres y cuatro! —dijimos a coro.

—¡Caramba, parece que lo habéis aprendido! —se rió feliz la abuela y añadió—: Esas normas son mi hábito de actitud ante el trabajo.

Luego la abuela enseñó a Jennifer y a Susan a cortar las piezas de tejido con la ruedecilla. Para que todo el mundo lo entienda, una ruedecilla parece una rueda para cortar pizza, sólo que muy afilada, ya que a veces debe cortar capas de tejido muy gruesas. Un invento relativamente nuevo que ha reducido mucho el tiempo dedicado al corte y que ha representado una gran ventaja para las aficionadas a confeccionar quilts.

Mis hijas trabajaban en los extremos opuestos de la mesa del comedor. Jennifer, que tenía que cortar muchas más piezas de formas intrincadas, había decidido plegar en varios dobleces la tela para poder cortar una docena de trozos cada vez. La abuela le permitió continuar con este método durante unos minutos y luego inspeccionó la calidad del trabajo.

Como sospechaba, con el sistema de capas múltiples el tejido a veces se escurría y muchos de los retazos resultaban no tener las dimensiones que las plantillas requerían.

—Bueno, vamos a hablar un poco antes de continuar —dijo la abuela interrumpiendo el trabajo—. Jennifer, ¿por qué has decidido doblar el material de esta forma?

—Para cortar más pedazos cada vez. Para ser

más eficiente, como dijiste que debíamos ser —se defendió.

—Eso me ha parecido y te elogio por ello. La voluntad de trabajar eficientemente es una actitud excelente. No obstante, debemos dejar claro qué es la eficiencia. La mayoría de gente piensa que significa hacer el trabajo lo más rápido posible. Decimos que las máquinas son más eficientes que el hombre y, como éstas trabajan rápido, hemos llegado a creer que eficiencia y rapidez son sinónimos.

—Sí, pero, por desgracia, abuela, son muchos los empresarios que piensan así y apremian a los empleados a trabajar deprisa —subrayó Jennifer—. Así es como funciona la empresa hoy en día.

—¡Pues no me parece bien! —replicó con indignación la abuela—. Para poder hacer un trabajo de calidad, y ser a la vez eficiente, hay que lograr un equilibrio entre la precisión y el tiempo. Como ya has advertido, Jen, cuantos más pedazos cortas de una sola vez más rápido vas, pero menos perfecta es cada pieza, de modo que has de volver a empezar. Por lo tanto, en lugar de ahorrar el tiempo lo has malgastado. A veces, ir despacio resulta a la larga más rápido.

»Mirad, hijitas, no hay eficiencia absoluta, este factor siempre guarda relación con el objetivo que se pretende. A veces la precisión exacta no es tan importante —continuó—, de modo que deberéis aplicar vuestro criterio en cada situación teniendo en cuenta vuestro objetivo. En ocasiones, la precisión no es lo más vital, pero en nuestro caso es importante porque cualquier error minúsculo en un solo retazo se multiplica en el quilt, y a medida que coses las piezas te resulta imposible unir correctamente el conjunto.

—Por lo tanto, la eficiencia es un equilibrio entre la precisión y el tiempo —repitió Jennifer, aunque no se la veía demasiado convencida. Pero se resignó enseguida a empezar de nuevo todo el trabajo que había hecho.

—Cuántas más piezas hagas al mismo tiempo, menos preciso será el trabajo —repetí y reflexioné mientras las observaba trabajar—. También puede interpretarse de otra forma: en la vida, cuantas más cosas haces, menos te concentras y finalmente no destacas en nada. Como se dice vulgarmente, «quien mucho abarca poco aprieta», otra cuestión relacionada con el éxito que tal vez convendría que te plantearas, Jennifer. Puesto que el día sigue teniendo sólo veinticuatro horas, puedes decidir hacer una cosa razonablemente bien o hacer muchas cosas aunque quizá de mala manera.

—Pero mamá —interrumpió Jennifer—, hoy en día es frecuente que las mujeres estén involucradas en un montón de actividades diferentes al mismo tiempo. Mira a nuestras amigas y vecinas. Algunas de ellas son a la vez mujeres de carrera, esposas, madres, líderes de las exploradoras, feligresas asiduas de la iglesia y así sucesivamente. Tenemos que hacer muchas cosas que requieren diferentes partes de nuestra personalidad y nos exigen mucho tiempo. ¿Cómo podemos evitar vernos obligadas a abarcar tanto? ¿Alguien sabe la respuesta?

—Hay dos respuestas. La primera es centrarse en serio en una sola cosa cada vez. Dedicar a cada actividad el cien por cien de nuestra atención y aprovechando al máximo nuestra energía y tiempo. Para entendernos, a la hora de jugar, se juega, a la hora de trabajar, se trabaja —explicó la abuela—. Pero tienes razón, Jen, en que las mujeres sufren muchas presiones. Por desgracia, el peligro es que, al responsabilizarnos de demasiadas cosas, quizá no consigamos buenos resultados en nada. Es importante saber decir «no» y decidir por nosotras mismas en vez de dejarnos presionar por las circunstancias, o por las agendas de los demás, cosa que hace que nos dispersemos. A la hora de escoger, aseguraos de que os guiáis por vuestros propios criterios.

»Y la segunda respuesta —añadió— es que hay que aprender a reconocer cuáles actividades resultan prioritarias, y a diferenciar entre lo que es "importante" y lo que es "urgente". Son muchas las mujeres que se han metido en la inexorable competición del mundo de los negocios simplemente porque les han abierto las puertas. Nadie les ha dicho que podían decidir si entrar o no; era lo que se esperaba de ellas. En la actualidad la gente vuelve a evaluar sus opciones. La sociedad te deslumbra con el señuelo de que podrás "poseerlo todo", pero muchos comprueban que eso no se realiza o bien que han de pagar un precio demasiado alto. Mucha gente comprende ahora que el éxito en las altas esferas del mundo de los negocios tiene un coste muy elevado y supone una pérdida de comunicación con los demás. En mi trabajo veo a muchos ejecutivos solitarios y estresados, que aparentemente son triunfadores pero que ni siquiera saben por qué su propia vida les parece un desastre tan grande.

»Hoy en día, muchas mujeres están dispuestas a renunciar a ese supuesto éxito mundano a cambio de un papel en la sociedad menos visible, menos elevado y a menudo menos recompensado, como quedarse en casa para criar a sus hijos o seguir una carrera que les guste aunque nunca vayan a ganar una fortuna con ella. "Poseerlo todo" no es tan maravilloso como "poseer lo mejor".

»Por lo tanto —concluyó la abuela—, sed conscientes de lo que elegís. Decidid cómo y en qué vais a emplear vuestra energía en la vida, cuán amplio o reducido será vuestro objetivo. Y, lo que es más importante, pensad que vuestra elección definirá vuestra calidad de vida y vuestras relaciones. —Volviéndose hacia Jennifer, añadió—: Otra cosa más que debes tener presente cuando decidas qué es el éxito para ti y te marques objetivos en la vida.

Advertí que Jennifer se mostraba mucho menos a la defensiva en estas discusiones referentes al éxito. Se la veía más sosegada y dispuesta a escuchar. Era interesante ver que examinaba de nuevo sus ideas y opciones. Al finalizar la jornada aún no habíamos acabado de cortar todos los retales así que la abuela les asignó a Jennifer y Susan la tarea de acabar de cortarlos para la siguiente visita mensual. También les enseñó a marcar cada pieza por el revés para que supieran dónde encajaba cada parche en el diseño general.

Después de las vacaciones, Robbie regresó en avión a la universidad y nosotras llevamos a la abuela de vuelta a Clareville.

De regreso a casa en el coche, quise analizar con las chicas otra cuestión relacionada con el tema del trabajo.

—¿Qué aspecto del trabajo creéis que es el más importante —pregunté.

—Como dice la abuela —empezó a decir Susan, repasando mentalmente el hilo dorado número cuatro—, empieza con los mejores materiales, utiliza las herramientas adecuadas, depura tus habilidades y trabaja con meticulosidad.

—Muy bien. Ésas son exactamente las normas de la abuela. Ésa es la forma de trabjar. Pero me parece que no he formulado la pregunta correctamente. Dejadme intentarlo otra vez. ¿Qué es el trabajo en sí?

—En el sentido científico, el trabajo se define como la fuerza aplicada a un cuerpo, multiplicada por el camino recorrido por éste, pero no creo que sea eso lo que preguntas —fue Jennifer quien respondió en esta ocasión—. El trabajo es aquello por lo que te pagan —se encogió de hombros.

—A ver si puedo ayudaros a definirlo por vosotras mismas: pensad en todo el trabajo que hacéis como un servicio que dais a los demás.

»Ya sé —alcé la mano indicando que no me interrumpieran—, vais a decirme que cuando fabricáis un objeto cualquiera el resultado es un producto, no un servicio. Pero lo cierto es que el producto material, a su vez, llena una necesidad del cliente, así que volvemos a lo mismo, lo que hacéis en definitiva es dar un servicio. Jennifer, tú sirves a los clientes de tu banco cuando les facilitas productos financieros, que de hecho son servicios intangibles. Susan, tú servirás a tus clientes, que serán tus alumnos, al proporcionarles instrucción.

—Vale, lo entiendo —admitió Jennifer—, pero ¿adónde quieres ir a parar?

—Si aceptáis esta idea, quiero dejar claro un aspecto importante. En el mundo laboral, todo servicio tiene asignado un «valor de cambio». La regla de tres es que la vida te recompensa siempre en proporción directa al servicio que ofreces. Consciente o inconscientemente, los ingresos son proporcionales al nivel de servicio que brindas a la empresa, en este caso a la sociedad.

—Ya entiendo. Quieres decir que sea cual fuere el trabajo que elijamos, si queremos un aumento, digamos como recompensa, tenemos que asegurarnos de servir bien a nuestros clientes —se explicó Susan a sí misma en voz alta—. Más servicio significa más recompensa.

—Exactamente.

—Apuesto que ahora quieres que definamos qué es un buen servicio —se adelantó Jennifer—. De acuerdo, déjame ver si lo conseguimos sin demasiada tortura.

—¿Te resulta una tortura que la abuela y yo intentemos enseñaros todas esas cosas? —pregunté, desconcertada.

—No, mamá. Simplemente es que la atención al cliente es algo de lo que creo que ya estoy al corriente —me tranquilizó Jennifer.

—Lo único que sé es que «el cliente siempre tiene razón» —aportó Susan.

—Hay más cosas a tener en cuenta, Suz. En el banco seguimos unas pautas de atención al cliente que se componen de cuatro puntos: escuchar, responder, satisfacer, confirmar. Lo primero que nos enseñan a todos los empleados es a ser siempre corteses con el cliente, por muy enojado que éste se muestre. Los malos modales no tienen justificación alguna. Luego escuchamos al cliente para saber qué necesita. A continuación se lo proporcionamos, siempre con amabilidad y, si no nos es posible hacerlo, le explicamos los motivos que nos lo impiden. Finalmente nos cercioramos de que se cumplen los compromisos adquiridos con los clientes y hacemos un seguimiento posterior de ese cumplimiento —explicó Jennifer.

—Muy bien —añadí yo—. En otras palabras, utilizáis la «regla de platino».

—¿No querrás decir la «regla de oro», mamá? —preguntó Susan.

—No, la regla de oro dice: «Actúa con los demás como te gustaría que actuaran contigo.» Es un buen principio porque implica que no perjudicas a nadie. Por desgracia, también implica que impones tus valores, tus esquemas o expectativas a los demás, y quizá no sea lo que ellos quieren. Es más o menos lo que hizo la tía Sara aquel año en que os regaló unos esquíes de fondo, cuando lo que vosotras queríais eran esquíes de descenso. La tía deseaba que disfrutarais con lo que ella disfruta.

»La regla de platino dice: "Actúa con los de-

—71—

más como ellos quieren o necesitan que actúes."
Implica cierta empatía hacia las diferencias de los demás y requiere bastante comprensión.

»Por eso, la regla de platino es la divisa fundamental en la atención al cliente: escuchar al cliente, preocuparse por él, procurar que se satisfagan sus necesidades.

—Y no embaucar tanto a la gente —interpuso Susan, guasona.

—Por lo tanto, ya que con la abuela ya hemos definido en qué consiste el trabajo de calidad, ¿cómo definiríais el servicio de calidad? —pregunté.

—Debe superar los niveles mínimos de rendimiento —contestó Jennifer.

—Correcto. ¿Estáis de acuerdo? —pregunté.

—Sí, mamá —asintieron.

—Muy bien —las elogié—. Lo único que se nos ha olvidado es señalar quién es el cliente. Dentro de este modelo tan amplio de servicio, podría ser la persona que entra en el banco para hacer una operación. Aunque también podría ser vuestro jefe, que alberga ciertas expectativas sobre vuestro rendimiento en el trabajo. O, en una relación sentimental el cliente sería vuestra pareja, alguien a quien sirves con comprensión y amor. Casi cualquiera puede ser tu cliente de alguna manera u otra.

»El considerar que todo el mundo es cliente tuyo, y no tan sólo unas pocas personas seleccionadas, crea una actitud que te mueve a servir a los demás. Eso significa vivir según la regla de platino —resumí—. Y, puesto que la recompensa está en función del servicio, a cuanta más gente sirvamos o más servicio proporcionemos, mayores serán nuestras compensaciones.

—Espera un minuto. —Jennifer se disponía a disentir—. Estoy conforme con la regla de platino en lo referente a la forma de tratar a los demás, pero no me gusta la idea de servir a todo el mundo. Es precisamente a eso a lo que las mujeres se han visto obligadas durante siglos, una posición servil. Mamá, me sorprendes. ¡Esa mentalidad no apoya a las mujeres!

—¡Es verdad, mamá! —dijo Susan coreando a su hermana.

Podía habérmelo esperado.

—Un segundo —repliqué—. No confundáis el servicio con el servilismo, son dos cosas diferentes. Servir no significa ser débil. En realidad, hace falta un ego verdaderamente fuerte para decidir servir a los demás antes de buscar el propio provecho. De hecho, a veces hay que ser un santo y eso no resulta nada fácil. Es muy difícil anteponer desinteresadamente los demás a uno mismo. Por eso las compensaciones son tan grandes.

—De acuerdo, ya veo a qué te refieres —concedió Jennifer.

—La cuestión es, ya sabéis que defiendo el feminismo en su lucha contra la discriminación y la desigualdad salarial por razones de sexo, y no niego que se han cometido injusticias contra las mujeres, pero tal vez haya llegado el momento de empezar a enfocar la vida de otra manera. Creo que es hora de que las mujeres dejemos de ver nuestro papel a través de la historia como una posición de servidumbre, como algo totalmente negativo. Las aptitudes y cualidades innatas que tenemos las mujeres y que se nos ha animado a desarrollar en el área de las relaciones interpersonales, como la atención a los demás y la empatía, son rasgos que todo el mundo necesitará para desenvolverse en el siglo próximo. Es un punto de vista «revisionista» de la historia que resulta positivo y adecuado para la sociedad cambiante de hoy en día. En cierto sentido, es preferir ver el vaso medio lleno.

»Las cosas han cambiado, Jen, no tienes más que echar un vistazo a tus libros de economía. El modelo o ideal económico se está transformando rápidamente y tiende a un modelo global de servicios. La tecnología de la información, por ejemplo, constituye en la actualidad la base de muchísimos negocios, y el mercado está totalmente orientado a los servicios.

»Un buen servicio se basa en la capacidad de comunicación con el cliente, y es esa capacidad lo que se exige de las empresas, los ejecutivos y empleados. Las mujeres contamos con una amplia experiencia en eso de preocuparnos por los demás. Por lo tanto, si todos valoramos esa actitud todos saldremos ganando. En el mundo empresarial se ha criticado a las mujeres por prestar excesiva atención a la gente, pero en la actualidad el modelo deseado consiste en estar orientado a la gente. Nosotras tenemos las aptitudes necesarias. Es hora de sacar partido.

»De todos modos, no esperéis que muchos hombres lo admitan, pese a que su modelo de éxito económico para el futuro es el modelo femenino en las relaciones humanas. Conscientemente o no, los hombres están aprendiendo de las mujeres que les rodean y del papel que las mujeres están asumiendo en la sociedad. Ya no hay necesidad de un feminismo extremista. El enemigo tal y como era en el pasado no existe, exceptuando tal vez algunos casos individuales. Sí, aún quedan dinosaurios, y algunos de ellos en puestos de mucho poder, pero la mayoría de hombres ha adoptado una actitud mucho menos amenazadora, a menudo de respaldo.

—¡Sí, como reptiles! —replicó Jennifer con gracia.

Pasé por alto su chiste para continuar:

—Los hombres saben que necesitan aprender de las mujeres. Es hora de dejar de atacarles y aprovechar la oportunidad de enseñarles, ayudarles, crear el futuro. Ha llegado la hora de dejar de creernos víctimas y vernos como colaboradoras. El día que creamos seriamente que somos sus compañeras en la vida, los hombres nos aceptarán como tales.

»Éste es mi discurso de orador dominical. Creo que es una idea importante, así que tened un poco más de paciencia, chicas. Os voy a mostrar algunos ejemplos de cómo han cambiado las cosas.

»En las grandes empresas, cada vez son menos habituales las estructuras jerárquicas al estilo militar, con un tipo en lo alto de una pirámide de sirvientes sin poder de decisión ni capacidad de asumir sus responsabilidades. Ahora vemos empresas matrices, en las que la gente trabaja en equipo. El término matriz viene del latín y significa útero o aquello de lo cual o a partir de lo cual se origina algo. Justo lo opuesto al antiguo gobierno vertical. Hemos pasado de un modelo en el que los jefes ordenaban a los empleados lo que habían de hacer sin dejarles opinar, a un modelo en el que cada cual es responsable de su trabajo. Este sistema ha demostrado ser más productivo, ya que la gente se siente mejor y más motivada cuando tiene la responsabilidad y el control de su trabajo. Por la misma razón, hemos presenciado una transformación democrática en el comunismo.

»Las empresas con planteamientos más inteligentes apoyan ahora el desarrollo individual de sus empleados y empleadas y se muestran más comprensivas con las cuestiones familiares. Los directivos saben que la empresa recoge una cosecha de lealtad cuando planta la semilla de la amabilidad y del reconocimiento de la importancia de la contribución individual. La formación de directivos ha cambiado significativamente. Actualmente se enseña a altos cargos ejecutivos a dirigir a sus equipos desde su "cerebro derecho" holístico y a seguir su "intuición", un atributo supuestamente femenino.

»Los cursos de formación empresarial enseñan estrategias de cooperación para buscar el beneficio mutuo, en vez de tácticas de competición. Fijaos también en los cambios que ha experimentado el lenguaje de los negocios. Durante años, los hombres han utilizado metáforas bélicas o deportivas para describir lo que ocurre en el mundo comercial, pero ahora los ejemplos son menos agresivos y pertenecen incluso al campo artístico: se califica de "estrellas" a los empresarios que sobresalen y se considera que un directivo "orquesta" un departamento. El trabajo en sí a veces se describe como un esfuerzo "creativo".

»Incluso el mundo del espectáculo ha cambiado. Las representaciones más taquilleras no son exclusivamente acontecimientos deportivos sino producciones teatrales como *Les misérables,* un drama sobre la lucha y la victoria del ser humano. A estos espectáculos acuden hombres maduros que lloran sin ningún disimulo. ¡Las cosas han cambiado mucho!

»En medicina, el modelo del siglo diecisiete según el cual un médico varón era el encargado de sanar al enfermo ha dado paso al modelo holístico de curación propia, en el que el cuerpo y la mente del paciente participan en la recuperación de la salud. Cuanto más sabemos del cuerpo y de la mente, más aprendemos que hay que confiar en su capacidad de autocuración.

»En el campo de la psicología vemos que algunos hombres se esfuerzan por recuperar su perdida capacidad de compasión, ternura y comunicación, ese lado de sí mismos que habían reprimido a fin de conformarse al modelo del macho. En cambio, las mujeres nunca han tenido que fingir ser algo que no son. Siempre se nos ha permitido la plenitud de nuestros sentimientos, nuestras alegrías y nuestras penas. Hemos vivido a fondo nuestras experiencias y nos hemos comunicado libremente con la gente que queremos.

»Es hora de volver a analizar nuestra historia social y descubrir los puntos positivos obtenidos en vez de lamentarnos de los negativos. Por todo esto, considero que es una locura que las mujeres quieran entrar en el juego actuando de la misma manera que lo han hecho los hombres hasta ahora. Se supone que lo que pretenden es ganar. ¡Pero si hasta los propios hombres han abandonado ya ese modelo de "éxito a toda costa"!

—De acuerdo, mamá, pero tómate un respiro, ¿quieres? —dijo Jennifer riendo, y luego añadió más seriamente—: Nunca lo había mirado desde este ángulo. Es posible que tengas razón. El servicio es algo que nos corresponde a todos, hombres y mujeres, y el servicio requiere que estemos en contacto con la gente.

—Exactamente. Siento haber dedicado tanto rato al tema, pero el trabajo, o el servicio, ocupa en nuestra vida un lugar más importante que cualquier otra actividad. Psicológicamente, está profundamente vinculado a nuestro concepto de identidad. Como dijo Freud, la terapia definitiva es el trabajo, y el amor. Mediante el trabajo conectamos con nuestro yo más íntimo y expresamos lo que somos. A través de él nos autoafirmamos y somos aceptados y reconocidos por los demás. Por ello es crucial desempeñar un trabajo que nos satisfaga.

—En otras palabras, un trabajo que sea congruente con nuestros principios, ¿no? —confirmó Susan.

—¡Eso mismo! Y aún una cosa más, antes de abandonar el tema definitivamente. El adquirir un compromiso, el hilo dorado número uno, es un valor que infunde confianza, a los demás y a vosotras mismas, en vuestra manera de ser. La planificación, que es el hilo dorado número tres, es un valor que aporta autodisciplina a vuestro carácter. ¿Qué aporta el hilo número cuatro, el trabajo de calidad, a vuestro carácter? —pregunté.

—Orgullo —sugirió Susan.

—Sí, el orgullo tiene que ver —contesté.

—Ya sé —dijo Jennifer—. Dignidad. No, autoestima.

—Precisamente. Hacer un trabajo de calidad fortalece tu autoestima interior, y una buena autoestima te hace desarrollar un trabajo de calidad, y así sucesivamente. ¿No os encanta de qué manera los hilos dorados de la abuela parecen entretejerse y formar el tejido completo de la vida? —sonreí—. Es como si todo formara parte de un plan maestro.

Hilo dorado n.º 4
Haz siempre un trabajo de calidad

ENERO

¡HOBBES, MALDITO GATO!

En los anuncios de la tele, la madre duerme con una sonrisa apacible y sin despeinarse, para luego despertarse con el aroma estimulante de café recién hecho, preparado amorosamente por unos retoños sonrientes y perfectos. Esa mañana lo que me despertó fue el sonido de los aullidos de Jennifer. ¡Oh, no! ¿Se estaría quemando la casa? No se trataba de eso, no era la casa, sólo era Jennifer: estaba que echaba chispas.

—¡Dejaste la puerta del cuarto de costura abierta, idiota! —gritaba Jennifer a Susan mientras yo me apresuraba a calzarme a tientas las zapatillas.

—¡Yo no he sido! —fue el grito adormilado de la hermana.

—¡Mira qué destrozo! ¡Mira qué has hecho! ¡Maldito gato! ¡Es culpa tuya! ¡Mira qué absoluto desastre!

Tuve que intervenir. Me temía que mi máquina de escribir fuera a quedarse sin signos de exclamación si los decibelios continuaban subiendo. Cuando conseguí salir a tropezones al pasillo, Susan estaba de pie en la puerta del cuarto de costura y miraba adentro, donde se hallaba Jennifer rodeada de un caos de retales. Estaban esparcidos por toda la habitación. Algunos incluso habían volado fuera y se diseminaban por el pasillo, quién sabe hasta dónde. No había duda: mientras dormíamos apacible e inocentemente, Hobbes, nuestro revoltoso y nocturno gato, había aprovechado la oportunidad y desparramado lo que la noche anterior había sido docenas de ordenadas pilas de parches para los quilts, y ahora las había convertido en una total «¡gatástrofe!».

La visión de mis dos hijas lívidas y enfadadas en pijama entre las ruinas me pareció una imagen tan dulce y cómica que estallé en carcajadas, lo cual provocó el efecto contrario a lo que yo había esperado. En vez de quitarle importancia a la situación, mi hilaridad sólo consiguió avivar las llamas.

—¡Todo es culpa tuya! —Jennifer volvió a vociferar a Susan.

¿Mi hija vociferando? Antes de que yo pudiera intervenir con un conciliador «vamos, vamos», Susan rompió a llorar.

—No es culpa mía —sollozó, mientras corría a encerrarse en su cuarto—. Te odio, imbécil.

Portazo

—¡Y yo a ti! ¡Tú estuviste cosiendo anoche! —gritó Jennifer a la puerta cerrada, antes de dirigirse a zancadas a su habitación—. Yo soy mayor, o sea que te odié la primera.

Portazo

Las risas me habían provocado hipo. «Santo cielo —suspiré al ver el destrozo—. No ha sido una de tus mejores actuaciones de madre», me dije a mí misma.

Justo al instante, Hobbes, picado por la curiosidad al oír tanto ruido, se acercó contoneándose y se sentó a mis pies, totalmente despreocupado.

—¿Miau? —preguntó con toda calma.

—Oh, Hobbes. Sí que la has liado, colega —le contesté.

¿Liar qué? Miró a su alrededor pestañeando. En su opinión no había nada fuera de su sitio. Excepto quizás eso: estiró la pata hasta un retal de tela y diestramente le dio media vuelta y se me quedó mirando.

—Exactamente —aprobé y le rasqué las orejas—. Hagamos unas tortitas para desayunar.

Durante dos días todo siguió igual de revuelto, ya que las dos chicas hacían ostentosamente caso omiso de sus quilts esparcidos por el suelo. Hobbes, por supuesto, retocó algunos retales más, con impunidad y destreza. Finalmente llegó el momento en que todas fuimos conscientes de la necesidad de hacer algo, así que una mañana, en el mejor de mis estilos, pegué en la puerta del frigorífico una nota que decía «los obstáculos no fortalecen el carácter, pero lo ponen de manifiesto».

Aquella tarde, para cuando regresé a casa del trabajo, alguien había recogido todos los retales y los había amontonado en el cuarto de costura. Por la noche advertí que había luz debajo de la puerta y a la mañana siguiente descubrí que alguien había ordenado los trozos clasificándolos por colores. Así que yo también decidí aportar mi granito de arena y planché otra vez todos los retales arrugados, estrujados y mascados. Poco a poco, aquello se iba enmendando.

Hoy las tres hemos hecho el trayecto en coche en silencio. Luego, al llegar a casa de la abuela, los ánimos se han calentado de nuevo y las chicas le han explicado con vehemencia lo sucedido. Por lo visto, ambas habían optado por volver a desempeñar su papel de adversarias y cada una de ellas mostraba la peor faceta de su personalidad.

Jennifer no había seguido las instrucciones de la abuela y no había marcado el reverso de los retales, de modo que la tarea de volver a juntarlos parecía insuperable. En ella la frustración acababa siempre transformándose en enojo y obstinación, y declaró que no iba a seguir trabajando en su quilt; por ella podía ir al cubo de la basura... junto con el gato. La siempre meticulosa Susan, por el contrario, había seguido las instrucciones de su abuela y había marcado minuciosamente cada retal. No le supuso mucho esfuerzo reorganizar rápidamente su trabajo. Pero como aún le dolían los reproches por su negligencia y se sentía culpable, adoptó para defenderse una actitud de suficiencia y superioridad. Si esperaban el apoyo de la abuela no iban a recibirlo.

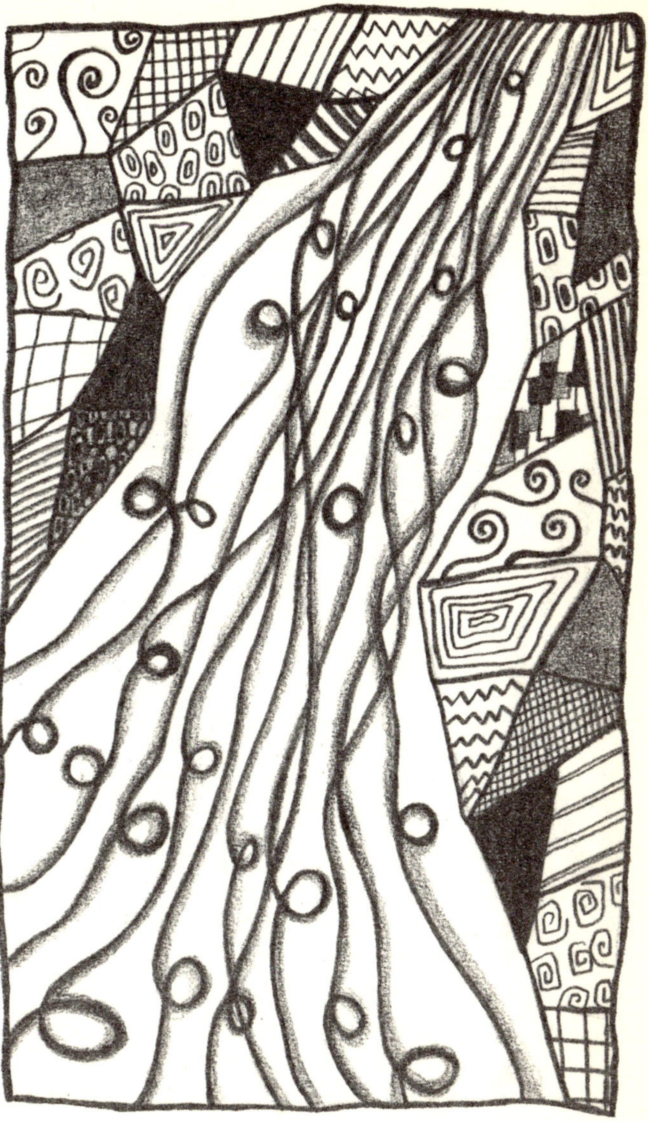

—Puesto que cada contratiempo representa una oportunidad de aprender algo —empezó la abuela—, supongo que de todo esto podrá extraerse alguna enseñanza. ¿Cuál sería, chicas?

—No debería haber dejado la puerta abierta —admitió finalmente Susan.

—Ésa es la crónica de lo que sucedió, cielo. ¿Cuál es la verdad que hay detrás? —volvió a insistir la abuela.

—Hay que tener más cuidado —respondió Susan.

—Ése es un buen consejo. Pero no —contestó la abuela.

—Marca todas las piezas de tu patrón. —Jennifer suspiró con hastío, reconociendo su error.

—Es otro consejo. ¿Cuál es la verdad que encierra todo este suceso?

—Que siempre se interponen cosas para ponernos a prueba —sugirió de nuevo Jennifer.

—¿Qué cosas? ¿Provocadas por quién? —La abuela sacudió los hombros.

—De acuerdo, entonces la culpa no ha sido del gato —Jennifer dijo con resignación, buscando otro argumento.

—Eso está mejor —la animó la abuela.

—De acuerdo, no es culpa de Susan —declaró Jennifer.

—Pero eso es lo mismo que decir que la culpa no es del gato —indicó la abuela.

—¡Es culpa nuestra! —le soltó bruscamente Susan.

—Seguís buscando culpables, ¿eh? —preguntó la abuela.

—Pero fue culpa mía. ¡Soy responsable! —exclamó Susan con desconsuelo.

—¡Sí y no! No, no hay que echarte a ti la culpa. Sí, eres responsable. Punto. No obstante, tienes capacidad de respuesta. La vida está llena de sucesos imprevistos y por lo tanto suceden cosas. Pero podéis reaccionar. Los animales lo hacen por instinto. Sus reacciones obedecen a un proceso de estímulo-respuesta. Los humanos, sin embargo, somos únicos en un aspecto: entre el estímulo y la respuesta, o entre el suceso y la reacción, podemos pensar y elegir nuestra reacción —explicó la abuela.

»La "responsabilidad" (el adquirir responsabilidades y atenerse a ellas) —continuó— es el quinto hilo para lograr el éxito en la vida. El asumir responsabilidades es una prueba de madurez.

»Culpar a los demás para justificarse a uno mismo o, peor aún, culparse a uno mismo, es poco maduro y derrotista. No llegaréis muy lejos en la vida si siempre estáis buscando factores externos a los que culpar de todo lo que os sucede. La justificación y la culpa la mantienen a una atascada en el pasado, y acaba condenada a compadecerse continuamente a sí misma. Aceptar responsabilidades no sólo pone fin a esas emociones negativas y destructivas, sino que abre la puerta al futuro.

»Ser responsable significa estar al mando de la situación y, cuando una está al mando, toma decisiones referentes a su vida en vez de dejarse derribar por los vientos del azar. En cuanto dices, "soy responsable", te concedes la posibilidad de elegir, que es la mayor libertad de la que puedes disfrutar, ¿por qué vas a renunciar a ella? Cuanto más libremente aceptes una responsabilidad pensarás con más claridad, decidirás con más acierto y darás con soluciones más creativas, porque no estarás coartada por esas emociones inútiles y negativas de culpabilidad o justificación.

La abuela puso punto final con una última frase:

—Cuanto menos cierres tu mente a las responsabilidades que se te presenten, más conocerás tus límites y posibilidades, y más independiente te sentirás.

Era evidente que la abuela no iba a permitirles continuar sintiendo lástima de sí mismas, ni que utilizaran a Hobbes como excusa para abandonar la labor. Puso fin a la parte «doctrinal» de nuestra visita y mandó a las chicas a casa diciéndoles que recordaran el quinto hilo dorado, la de la responsabilidad personal, y asegurándoles que ella confiaba en que conseguirían reorganizar el trabajo.

Antes de irnos, la abuela nos enseñó los parches que había cortado para la parte superior del quilt en el que ella iba a trabajar este año. Era una variación del motivo «corazones y rosas», uno de mis favoritos. Su confección resultaba más difícil que la de los quilts de mis hijas, ya que cada uno de los bloques de la abuela llevaría appliqué y también bordados. Sus viejos dedos tendrían que tomárselo con calma, pero le encantaba el desafío que representaba para ella.

Sentí una punzada momentánea al advertir que entre los pedazos de tela había unos corazones recortados de la vieja camisa de Jack. Solté la tela con un suspiro y pensé: «Recuerda, todo forma parte del flujo y reflujo de la vida. Todo existe para que lo utilicemos temporalmente, porque nuestra estancia aquí es temporal.» Pero en realidad me agradó enormemente ver que fragmentos de la camisa de Jack, que él había llevado en momentos de dicha y de dolor, volvían a tener utilidad y darían bienestar a alguna otra persona.

La proximidad de la abuela, su edad y sabiduría siempre hacen que me sienta tranquila y que las cosas tengan más sentido. Me gusta observar cómo se preocupa por la gente, cómo enseña a mis hijas, y también advierto el cariño y la alegría con que ellas le corresponden.

Son ratos muy bonitos los que pasamos a su lado y cada mes me marcho de allí de mala gana.

Susan ya estaba lista para empezar a coser retales y confeccionar la superficie del quilt. Primero montaría cada uno de los bloques de treinta y cinco centímetros de lado, luego los ribetearía con una tira y finalmente los cosería todos juntos para formar la superficie del quilt. Durante un rato el estado emocional de Susan pareció despejarse. Durante un rato.

A Jennifer le esperaban momentos más duros. Había recibido demasiada información nueva que competía con las ideas que ya tenía. Debería considerar y volver a evaluar dónde se encontraba y qué quería hacer. ¿Cómo podía ser flexible y encontrar una solución ingeniosa sin perder de vista su objetivo? La abuela había sugerido que simplificara su modelo y reemplazara parte de la miríada de pedacitos insignificantes por retazos de mayor tamaño. Si adoptaba un proyecto menos complicado crearía algo exclusivamente personal.

Esta tarde Hobbes se ha sentado en mi regazo ronroneando felizmente mientras reflexionábamos acerca de las experiencias del día. Ninguna mujer es profeta en su hogar, dicen. Sé que si yo hubiera pronunciado aquellas palabras las muchachas habrían restado importancia a la conversación referente a las responsabilidades, la habrían considerado un simple sermón de madre. Recuerdo que yo hacía lo mismo con la mía.

¿A qué se debe que todas las madres digan las mismas cosas y ningún hijo les preste atención? Supongo que es porque todas las madres parecemos unas sabelotodo. Al menos sé que la mía lo parecía. Es difícil aceptar el consejo de tus padres porque cuando eres joven e inexperto careces de la paciencia necesaria para escuchar la voz de la sabiduría y cuando te conviertes en madre con edad y experiencia careces de la paciencia para guiar a tus hijos. Por eso las abuelas son tan importantes en nuestras vidas. Prestamos más atención a la sabiduría de alguien que ha vivido mucho.

Puesto que aquellas palabras habían brotado de los labios de la abuela, yo estaba segura de que mis hijas pensarían en serio en todo aquello.

La simiente ya estaba plantada. Pero nunca sabes si va a crecer y florecer.

Hilo dorado n.º 5
Asume responsabilidades y atente a ellas

FEBRERO

COSER Y DESCOSER

Ese mes, la situación en el frente familiar era de una tranquilidad algo incómoda. Por lo visto Jennifer había abandonado temporalmente la confección de su quilt y Susan estaba absorta en sus estudios, aunque yo sospechaba que, tras su puerta cerrada, daba puntadas en silencio a altas horas de la noche. La una «pasaba del quilt» y la otra lo confeccionaba en secreto. Por una vez decidí no entrometerme. Además, sabía que la inminente visita a la abuela provocaría reacciones inducidas por el sentimiento de culpa.

En el coche, cuando íbamos a ver a la abuela, Jennifer anunció que había tenido una «gran idea» (lo subrayó con gran énfasis).

—La abuela dijo que había que ser flexible, ¿no?, y había que ser capaz de reaccionar de un modo creativo, ¿no?

Al parecer pretendía liarme.

—Bien, pues he tenido una idea genial. Lo que voy a hacer es coger todos esos retazos y coserlos a lo loco, ¿vale? Digamos que volveré a crear una pieza nueva, ¿vale? Y luego me cortaré una chaqueta con eso. Lo único que tengo que hacer es comprar tela de forro y botones, y tendré una chaqueta increíble, será totalmente única, con sello propio. Mucho más práctico. Sacaré mucho más partido del trabajo. Vaya idea, ¿eh?

—¡Caray! —exclamó Susan.

—Chsss.

Sentí ganas de decirle a Jennifer «Ésa es la idea más ridícula y estrafalaria que se te ha ocurrido en la vida», pero me contuve.

—Estoy sorprendida —dije para ganar tiempo—. Déjame pensar. —Sabía que debería oponerme a ese proyecto, pero en lugar de ser sincera, pregunté—: ¿Qué crees que va a decir la abuela?

—Bien... —contestó vacilante, porque sabía a la perfección lo que pensaría y diría la abuela.

—Exactamente —dije. Jennifer suspiró y yo proseguí—: Hay una gran diferencia entre rectificar el rumbo y abandonar completamente el barco. Es importante saber adaptarse y cambiar de derrotero cuando hay un cambio en las circunstancias. Siempre que no pierdas de vista el objetivo. Es absurdo abandonar en cuanto surgen las primeras dificultades.

»Da la impresión, Jennifer, que dejas que el primer contratiempo te detenga. Lo que necesitas es contemplar con cierta perspectiva este desastre. Mira, en el futuro, cuando mires llena de orgullo tu quilt ya terminado, te darás cuenta de que esta "gatástrofe" ha pasado a la historia y la considerarás un inconveniente menor que surgió en el camino.

»¿Te acuerdas de cuando te rompiste la pierna? Al principio, fue doloroso y te causó un gran trastorno. No obstante, después de un tiempo, pudiste moverte y hacer cosas igualmente. No fue más que un pequeño inconveniente. El tiempo nos permite calibrar los sucesos con mayor objetividad, pero el truco consiste en no esperar a que eso te ocurra. Tú puedes decidir y adoptar una perspectiva objetiva ahora mismo, ¿o no?

—Supongo que sí —admitió con serenidad—. Simplemente intentaba buscar una salida fácil, ¿vale?

—En efecto —contesté.

Permaneció callada unos minutos y luego volvió a la carga:

—La abuela tenía razón, sí. Sobre lo de asumir responsabilidades. Ha sido penoso, pero al pensar en ello todo este último mes he comprendido que si hubiera seguido sus instrucciones desde el principio y hubiera marcado los trozos de tela, las consecuencias no habrían sido tan graves. Fue eso lo que hizo que me enfureciera tanto con Susan, y con Hobbes. Sé que en realidad estaba enfadada conmigo misma pero la tomaba con quien no se lo merecía. Eso es bastante inmaduro.

Asentí con la cabeza para darle ánimo, y ella continuó:

—Cuando asumes una responsabilidad, controlas la situación. Eso me hizo sentir mucho mejor. —Y volviéndose a Susan, añadió—: Siento haberte gritado, Suz, y haberte echado la culpa.

—No te preocupes. —Susan se encogió de hombros—. Yo siento no haber tenido más cuidado y no haber dejado el gato fuera. Te ayudaré a reordenar de nuevo los retales de tu quilt —le propuso, conciliadora.

Hermanas. Como los gatitos que se arañan, se pelean y se fastidian mordiéndose la cola. Luego se tumban a dormir, sosegadamente enroscados el uno junto al otro. Todo perdonado. ¿Cómo dice la frase de esa película? «El amor significa no tener que decir nunca "lo siento".» No es cierto. El amor significa decir que lo sientes, estar siempre dispuesto a decirlo.

—Tu quilt va a ser de lo más bonito —declaró Susan en tono lúgubre—. Mucho más que el mío. Mi quilt va a ser terrible. Tienes que acabar el tuyo.

Me intrigó aquel comentario despectivo sobre su propio trabajo, pero sabiendo lo exigente y perfeccionista que puede llegar a ser mi hija pequeña, asumí que, como de costumbre, estaba ejerciendo una autocrítica despiadada. Incluso el mejor hombre del tiempo a veces no reconoce los nubarrones que anuncian tormenta.

—Ojalá hubiera salido antes todo esto de la responsabilidad —le dijo Jennifer a la abuela—. Cuando repaso mi vida, cuántas riñas podía haber evitado, cuánta energía malgastada en berrinches y cuánto tiempo.

—Por desgracia —comentó la abuela—, no siempre aprendemos lo que nos hace falta, ni en el orden en que nos hace falta. Algunas lecciones de la vida son completamente fortuitas, a veces damos con ellas por casualidad. Depende de nosotros hacer que las piezas encajen, como si se tratara de un patchwork loco. Aunque, quizás ya hayáis oído este mensaje anteriormente, ya sabéis... —La abuela sonrió y movió la cabeza en mi dirección.

»Lo que sucede a veces es que no estamos preparados para escuchar lo que nos dicen, ni para ver lo que resulta tan obvio para los que nos rodean. A veces la gente aprende la lección o entiende un punto de vista mucho después del momento en que les hacía falta.

—O quizá nunca —apuntó Susan.

—Eso mismo. Pero sea cual fuere el punto de partida, es beneficioso aprovechar lo que hemos aprendido para reflexionar sobre nuestro pasado y descubrir de qué otra manera podríamos haber actuado, lo cual nos permite prepararnos para actuar mejor en el futuro.

—Ya se sabe, quien no oye consejo no llega a viejo. Nunca es tarde para aprender un nuevo truco —dijo Jennifer.

—Y nunca es demasiado pronto para que los cachorros jóvenes como nosotras aprendamos un viejo truco —bromeó Susan.

—Volver la vista atrás, además de contribuir al éxito, es una costumbre muy saludable. Merece la pena reflexionar sobre el pasado, no para recrearnos lamentando nuestros errores, sino para aprender y para cambiar de cara al futuro —repitió la abuela—. Lo más importante en la vida es el aprendizaje. Somos totalmente responsables de lo que aprendemos y de cómo lo aprendemos.

Durante un buen rato nadie había prestado atención al hecho de que Susan traía consigo una voluminosa bolsa de plástico que obviamente estaba llena de ropa, probablemente, la cubierta de su quilt, hasta que la abuela preguntó por fin cómo iba su labor.

—Oh abuela, es horroroso —gimió Susan y entonces se desahogó precipitadamente—. Es que no puedo hacerlo. He pasado horas cosiendo estos bloques y, mira, las esquinas no coinciden, las costuras no quedan rectas y todo sale desigual. —Soltó unos gemidos, acompañados de lágrimas.

La abuela cogió cada uno de los bloques para examinarlos con atención. Así es mi niña, pensé. Mientras que a Jennifer la frustración la pone furiosa y la hace arremeter contra todo y contra todos, a Susan la sume en un mar de lágrimas y una congoja indecible, y arremete contra sí misma. Dos caras de la misma moneda: culpar a los demás y culparse a sí misma. Como todo lo que estaban aprendiendo, la actitud de ser responsables de sí mismas tardaría en convertirse en un hábito.

—Todo lo nuevo precisa un período de aprendizaje, Susan. No se asimila de la noche a la mañana —la consoló la abuela—. ¿Qué bloque hiciste primero? Éste. ¿Y cuál fue el último? Este de aquí. De acuerdo, veamos. ¿No te parece que este último está mucho mejor que el primero? Por supuesto que sí. Entonces está claro que estás aprendiendo y mejorando con cada uno que haces, ¿no crees? Progresas. Puedes sentirte satisfecha.

—Supongo —respondió Susan con un puchero. Se resistía a dejar de lamentarse pues ése era un territorio familiar para ella, y «lo malo conocido...». Pero dejó de lloriquear y cogió el último bloque de retales—. Estoy bastante satisfecha de éste —admitió—. Todas las esquinas han quedado uniformes, ¿veis?

—Este último está bien de verdad, Super-Su —la animé—. Y, vamos a ver, ¿qué costaría hacer que todos los bloques tuvieran el mismo aspecto que éste?

—Supongo que tendría que volver a empezar desde el principio —suspiró—. Pero entonces todo el trabajo que he hecho no habría servido para nada —dijo empezando a lloriquear otra vez.

—Uy, pues eso es precisamente lo que vamos a hacer —decidió Jennifer—. Podemos empezar ahora mismo. Hoy, mientras charlamos, nos sentaremos y descoseremos las costuras. Venga, Sue, ¿dónde tienes el descosedor?

—El saber es señor y ayudador, Susan, lo aprendido nunca sobra ni estorba —dijo la abuela—. Me fastidia sonar como un viejo gurú, pero parece que la lección de hoy va a ser «aprender a aprender». Supongo que no os sorprenderéis si os digo que el sexto hilo dorado es el «Aprendizaje». (Haz del aprendizaje un hábito permanente.)

—Vale, y ¿qué plan de estudios tenemos, profe? —bromeó Jennifer.

La abuela empezó también a descoser algunas de las costuras torcidas de Susan, y continuó diciendo:

—Bien, en primer lugar, tenéis que comprender que el aprendizaje es un proceso que dura toda la vida. En realidad nunca acabamos la escuela. O al menos nunca deberíais pensar que lo habéis aprendido todo. Considerar que la vida es una clase y que todo lo que os sucede es una oportunidad de aprender.

—Así que ahora mismo somos alumnas del curso básico «Aprendiendo a tener éxito, clase 101» —observó Susan.

—Como quieras —admitió la abuela sonriendo—. Las lecciones principales son éstas:

»Una: Creed en vuestra mejora diaria. Recordad que es imposible aprender menos: sólo se puede aprender más. Cada día añadís algo nuevo a vuestros conocimientos y experiencias previas. Ésta es una de las ventajas de hacerse mayor: sabes más que sabías el día anterior.

»Dos: El fracaso constituye una parte del aprendizaje. El error es paso obligado para aprender. De pequeñas aprendisteis a andar cayéndoos al suelo una y otra vez. Tenedlo siempre presente y sabed que el error más grave en que podéis incurrir es no aprender de los fracasos. Preguntaos siempre, "¿qué lección puedo sacar de esto?".

»Tres: Cualquier problema o revés es una oportunidad para aprender. Todo lo que nos proporciona la vida está aquí para nuestro disfrute, o para nuestra educación. Cuando surjan contratiempos, no os quedéis atascadas en el relato de lo sucedido, como "¡el gato ha desbaratado mi quilt!". Buscad la verdad universal que hay debajo y, a partir de esa verdad, destilad vuestro propio y sabio consejo, y seguidlo.

»Y finalmente, cuatro: Aprender requiere tiempo. Así que tened paciencia y concedeos tiempo para aprender sin juzgaros ni autocriticaros.

—Todo esto suena muy bien —declaró Susan—. Sabemos que hay que aprender. Supongo que ahora debemos preguntar: «¿Cómo se aprende correctamente?»

Esta vez me encargué yo de responder.

—Vuestra propia vida y experiencia es una forma directa y excelente de aprender. Permaneced alertas y observad lo que sucede a vuestro alrededor. Luego pensad en ello y en su significado. Vuestras conclusiones son tan válidas y útiles como las de cualquiera: no siempre hay que consultar a una autoridad. Y luego, nunca olvidéis poner en duda aquello que dais por sentado. Mientras mantengáis la mente abierta, continuaréis aprendiendo.

»Por otro lado, hay otra manera de adquirir una gran cantidad de conocimientos valiosos: a través de la lectura, naturalmente. Así es como se aprende de otros. Incluid la lectura diaria entre vuestros hábitos, y no hablo sólo de lecturas entretenidas que os hagan disfrutar, sino también de textos que sirvan para mejorar, o que os den ideas. Leed libros sobre temas a los que normalmente no prestaríais atención. Nunca se sabe dónde puede aparecer una idea buena y nueva.

»El truco para asimilar lo que leéis es imaginar que debéis enseñárselo a otros. Esforzaos en entender bien los conceptos a fin de poder explicarlos con claridad a alguien más. Los datos no son importantes. La verdadera inteligencia no reside en la habilidad para memorizar hechos sino en la capacidad de aprehender las ideas y comunicarlas de un modo inteligible. La inteligencia útil es la que permite aplicar conceptos a la vida cotidiana. Por lo tanto, leed siempre, o aprended, con objeto de entender —añadí.

—Volvamos al contratiempo de hoy —dijo la abuela—. Susan, a veces eres demasiado dura contigo misma. Sé que quieres hacer las cosas a la perfección y ése es un buen hábito para tener éxito y una buena manera de producir un trabajo de calidad. Pero tienes que moderarte y saber cuándo has de tener paciencia contigo misma. No renuncies a tus intenciones, simplemente concédete tiempo para aprender. Al principio quizá no cumplas las altas expectativas que te has marcado. Es ahí donde mucha gente se rinde. Se frustra si no domina o mejora lo suficientemente deprisa. Concédete permiso para cometer los errores necesarios mientras aprendes. De ese modo continuarás el camino hacia el éxito.

»Recordad, cada vez que cometéis un error, aprendéis lo que no debéis hacer y de este modo estáis más cerca del éxito. Los errores llevan al éxito, pero sólo si se aprende de ellos.

—Tienes razón, abuela. Si he podido hacer un bloque correctamente, puedo hacerlos todos bien a partir de ahora. Hay que seguir adelante, ¿no es eso? —dijo Susan con aire meditativo.

—Sí, exactamente. Y ahora, dame un abrazo muy grande —dijo la abuela, radiante— y ¡sigamos con ello!

—Ya que estamos en el tema del aprendizaje,

abuela —terció Jennifer—, ahora me toca a mí informaros, como prometí, de lo que he aprendido hasta ahora sobre el tema del éxito.

—Estupendo. Estaremos encantadas de enterarnos —aprobó la abuela mientras seguíamos soltando costuras.

—Intentaré resumir lo que creo que tú y mamá nos habéis explicado, aunque a veces me resulta un poco confuso. Por un lado, el éxito se puede calcular en dinero y en cosas, entendidos como símbolos de la posición de alguien. Por otro lado, el éxito se puede calcular en valores intangibles como la aprobación de los demás, la autoestima y, generalmente, la satisfacción que te producen tus logros.

»Lo que a veces me provoca cierta confusión es la gran diversidad de formas que el éxito puede adoptar. Depende de si uno valora más la calidad o la cantidad, depende de si lo quieres alto y estrecho o ancho y variado —hizo un ademán descriptivo—. Puedes ser una verdadera experta en un área reducida, o moderadamente buena en unas cuantas cosas; supongo que es el dilema de la especialización contrapuesta a la generalización. Escojas lo que escojas, la elección siempre implica un precio. Si escoges una cosa, posiblemente tendrás que renunciar a otra. O quizá se trata de ir perfeccionando tu trabajo de cara a un solo objetivo. Esa idea sí que me parece sugerente.

»De cualquier manera que lo defines o calcules, el éxito se obtiene, en primer lugar, a través de las actitudes, luego a través de las acciones. Una actitud es provechosa cuando se basa en tus creencias y valores, y está motivada por tus razones para desear el objetivo. Cuantas más razones tengas, más motivado estarás. Cada acción emprendida con el propósito de lograr un objetivo respalda y demuestra tus valores. Aquí es donde interviene la cuestión de la congruencia.

»Realmente es muy lógico, abuela, el que tus cinco hilos dorados operen conjuntamente para crear el éxito. Nos has hablado de adquirir un *compromiso,* de marcarse *metas,* de trazar un *plan;* por supuesto, de hacer un *trabajo de calidad* y, asimismo, de ser *responsable* de la propia vida. Y ahora, el hilo número cinco: *aprender.* Confeccionar nuestros quilts es una metáfora de nuestras vidas. Sea cual fuere la clase de tejido que escojas para tu vida, estos hilos dorados son la urdimbre y la trama que la formarán, son los valores que entretejemos para crear nuestro carácter —concluyó.

—Eso es muy poético —la felicitó Susan.

—Gracias. Un comentario final: a mí me parece que la calidad de tu vida depende de tu acierto a la hora de elegir. Cuanto mejor sepas escoger, mejor será tu vida.

—Eso es excelente —la abuela aplaudió las palabras de Jennifer—. ¿Crees todo lo que has dicho?

—Sí —afirmó con aire meditabundo—. Sí, ahora que pienso en ello, supongo que lo creo de verdad. —Jennifer sonrió al oír su propia confesión y la abuela asintió satisfecha.

—¿Entonces qué es lo que te parece confuso? —pregunté yo.

—104—

—Bien, no son las ideas las que resultan confusas sino la manera de aplicar la teoría a la vida. ¿Cómo sabes a qué carrera lanzarte? Creo que entiendo cómo se logra el éxito. Pero no veo claro qué es. ¿Cómo saber qué clase de éxito es el que debes buscar?

Le di una palmadita en el hombro.

—Jen, no eres la única que está perpleja. En la actualidad hay tantas oportunidades profesionales que es difícil decidirse. Y el hecho es que tal vez haya varias ocupaciones adecuadas para tus necesidades y principios. Ésta es la parte maravillosa de nuestra compleja sociedad.

»Hoy en día, la tendencia a tener varios trabajos completamente diferentes a lo largo de la vida está cada vez más extendida. El truco para disfrutar en tu labor profesional consiste en aplicar los hilos dorados en cada uno de esos trabajos —recomendé.

—Sé que vosotras, chicas, detestáis que os digan eso de que «sois jóvenes, no os impacientéis y las cosas llegarán en su momento», pero ya sabéis que, la mayoría de las veces, eso es lo que sucede en la vida —comentó la abuela—. Como suele decirse, no hay que remar contracorriente. En otras palabras, quizá tardéis un tiempo en saber cuál es la carrera adecuada para vosotras; eso es algo que no se puede forzar. Es posible que hagáis varios intentos fallidos. Quizá cambiéis de idea. Quizá tengáis que esperar a que una idea madure. No os preocupéis. Lo importante es que, mientras os dejéis guiar por vuestros principios e intereses genuinos, todo irá bien —aconsejó la abuela.

—Sí, Jen —Susan recalcó con animación—, tal vez tú también tendrías que soltar unas cuantas costuras y empezar desde el principio para poder saber qué es el éxito para ti. No seas tan dura contigo misma —dio un codazo juguetón a Jennifer—. Ten paciencia, ¡como yo!

Hilo dorado n.º 6
Haz del aprendizaje un hábito permanente

MARZO

PONLE EMOCIÓN A LA VIDA

Querido Diario. Este mes, el valle está en paz.

Susan, con su manera de ser tan detallista, ha igualado todas las piezas irregulares del quilt de Jennifer, y las dos juntas han ideado un modo de simplificar el complejo patrón. Sustituyendo buena parte de los pequeños parches por otros más grandes, han conseguido un nuevo diseño más preciso. Como parte de los retales originales había desaparecido cuando lo del gato, el tamaño del quilt quedaba considerablemente reducido, así que Jennifer ha decidido adquirir un trozo de tela para añadir un borde más amplio que cree contraste y que englobe todo el conjunto. La necesidad, en este caso, ha originado una solución atractiva.

Para agradecerle a Susan su apoyo, Jennifer la está ayudando a descoser sus bloques y dejarlos listos para que Susan los una de nuevo con su técnica recientemente perfeccionada.

Las dos muchachas están dispuestas a acabar la parte superior de sus quilts antes de la siguiente visita a la abuela. Creo que ellas mismas se sorprendieron al ver la rapidez con que avanzaba su trabajo en equipo. ¿Quién mejor que una hermana para avivar nuestro entusiasmo y nuestra energía? Ambas descubrieron que no sólo las madres, las abuelas, las tías y las amigas pueden ser aliadas y maestras, sino también las hermanas. Una hermana tal vez sea una pejiguera, pero también es una compañera perenne y una gran ayuda. No sé cómo, pese a todo, hemos conseguido cumplir el plan.

—Estoy orgullosa de las dos —la abuela sonreía radiante mientras Jennifer y Susan le mostraban sus labores ya acabadas—. Estaba convencida de que podíais hacerlo. —Inspeccionó atentamente el trabajo y dio un abrazo a las dos—. Excelente. Trabajo de calidad. Habéis trabajado duro de verdad y, a pesar de algunos contratiempos, los habéis superado. ¡Enhorabuena! ¡Habéis aprendido mucho! Sé que las dos habéis tenido que salir de vuestra «zona de comodidad» y hacer un esfuerzo para obtener este resultado, y eso no siempre es fácil —comentó la abuela.

—Pero merece la pena, abuela —dijo Susan con orgullo mientras doblaba la labor y la dejaba sobre el respaldo de una silla.

—¿A que no os habíais dado cuenta de que salíais de vuestra zona de comodidad? Pues así ha sido —siguió la abuela—, porque a ambas os estimulaba el reto de algo que no habíais hecho anteriormente. Ésta es otra lección del curso «Aprendiendo a tener éxito, clase 201» para alumnos aventajados, la conclusión a la que el mes pasado no pudimos llegar.

»Una cosa es aprender una lección de cualquier acontecimiento que sobrevenga en vuestras vidas, y otra es decidir exponerse a situaciones conflictivas, procurarse oportunidades para aprender; lo último es una actitud de alumno de posgrado, equivale a encauzar dinámicamente tu propia vida. Cuando digo situaciones conflictivas no hablo de poner tu vida en peligro, me refiero a marcarte el reto de hacer algo que no has hecho nunca o algo de lo que no te creías capaz. Lo fácil es quedarse con lo que a uno le resulta familiar. Ésa es la "zona de comodidad", que puede convertirse en una trampa emocional, en la que dejas de madurar.

»Cada vez que te marcas un objetivo —continuó la abuela— eliges dar un paso más allá de tus límites presentes, lo cual parece incómodo e intimidatorio. Pero es la única manera de descubrir quién eres y qué puedes llegar a ser. Hasta que os marcasteis el objetivo de hacer un quilt, no sabíais que erais capaces de ello. No aprendes a montar en bicicleta hasta que coges una bicicleta y lo intentas. Nunca sabes hasta dónde puedes llegar si no aspiras a hacer más de lo que crees que puedes hacer.

»Y eso es lo que da emoción a la vida. El temor al fracaso es uno de los factores que suele cohibir a la gente a la hora de abandonar su zona de comodidad. Una vez aprendes a no detenerte ante la posibilidad de un fracaso, estás dispuesta a salir de esa zona. El miedo y la resistencia a cambiar mantiene a la gente afianzada en su *statu quo.*

—Pero ¿cómo se puede impedir sentir miedo al fracaso, abuela? —preguntó Susan—. ¿No es natural sentir un poco de inquietud?

—Por supuesto, lo es. Bien, antes que nada, como ya dijimos el mes pasado, hay que ser consciente de la posibilidad de fallar, pues no todo lo que iniciamos alcanza los resultados deseados. Siempre cabe la posibilidad de cometer errores, especialmente cuando hemos escogido ser alumnos permanentes en esta vida. Puedes ser un principiante en cualquier momento de la vida. Yo llevaba veinte años confeccionando quilts y aún seguía considerándome una principiante. El que seas una experta en una parcela de la vida no quiere decir que no seas novata en otros ámbitos. La aceptación de este hecho elimina ciertas tensiones emocionales y te ayuda a estar más relajado. Seamos realistas, todos funcionamos mejor cuando estamos relajados.

»Recordad, cometer un error no significa fracasar. Permitíos cometer errores y, de ese modo, pase lo que pase, vuestro ego no saldrá tan perjudicado. Es lo mismo que cuando jugáis a tenis: mentalmente hay que jugar para ganar, pero hay que estar preparado emocionalmente para perder.

—Entiendo lo que dices, abuela, pero ¿cuándo dejas de sentir miedo? ¿Cómo se supera la sensación de temor o se deja de prever el fracaso? —persistió Susan.

—Creo que normalmente el miedo a fracasar es una consecuencia de la idea de que fallar es malo. Pero la palabra fracaso no es más que una valoración de un suceso. ¿Recordáis lo que hablamos sobre la responsabilidad? Somos nosotros quienes decidimos, y podemos decidir entre tachar un suceso de fracaso, o bien deducir que nos ha hecho más fuertes por lo que hemos aprendido. Ningún suceso constituye en sí mismo un fracaso. Probablemente todo lo que nos acontece ha sucedido antes a otras personas, y muchas de ellas han conseguido transformar este suceso en un éxito, porque han decidido verlo como tal —explicó la abuela.

—El vaso está medio vacío... —apuntó Susan.

—Exacto —aprobó la abuela.

—¿Así que basta con cambiar tu... umm... actitud, y con eso el miedo desaparece? —preguntó Jennifer, al parecer bastante convencida.

—Me gustaría decir que así es, pero lo cierto es que cada vez que sales de la zona de comodidad de lo conocido, es natural inquietarse ante lo desconocido. Lo importante es saber que puedes aprender a controlarlo. En resumidas cuentas, éstos serían los cuatro recursos más útiles:

»1. Reconoce que no estás a gusto y por qué.

»2. Acéptalo como algo normal. Perdónate a ti misma por sentirte incómoda.

»3. Toma la determinación de no dejar que tu inquietud te detenga y de continuar a pesar de todo.

»4. Mantén la fe en tu éxito y ten presente que, aunque fracases, como mínimo aprenderás algo de lo sucedido. De esta forma, haces que cualquier situación sea positiva.

»Lamento decirlo pero, cuanto más frecuentemente te expones a estas situaciones nuevas y desalentadoras, más a tus anchas te sientes en estas circunstancias. Lo desconocido amenazador se convierte en lo desconocido emocionalmente, algo que esperas con cierta ilusión ya que, pase lo que pase, no puedes salir perdiendo. Ganas de todas todas —concluyó la abuela.

—Sí, Susie, como cuando yo aprendí a nadar —dijo Jennifer poniendo un ejemplo—. Al principio me daba miedo salir de la parte poco profunda de la piscina, pero quería realmente aprender, así que finalmente tuve que lanzarme. En cuanto me acostumbré al agua y empecé a dar brazadas más fuertes, el temor desapareció.

—Una buena analogía, Jen —le comenté—. Cuando te quedas paralizada al borde de la piscina y dudas si saltar o no, una manera sencilla de tomar ímpetu es pensar en la situación inversa y preguntarte, «si no hago esto, ¿me estaré perdiendo algo bueno?»

»Mirad, el beneficio más importante que obtienes al aceptar un reto es que finalmente superas tus propias dudas y tu confianza en ti misma aumenta de forma impresionante. Esto es lo más positivo de todo.

Jennifer puntualizó:

—Proponerte un reto desarrolla tu valentía y cuando eres valiosa aceptas mayores retos, ¿no es así? Viene a ser otra forma de retroalimentación.

—Desde luego. ¿Es ése el camino del éxito? Podéis apostar que sí —confirmé.

—Reflexionad sobre lo siguiente —dijo la abuela—. Si el fracaso no es malo, ¿es siempre bueno el éxito? —preguntó con mirada maliciosa.

—Oh, no. ¡No quiero oír nada más! —rió Jennifer tapándose las orejas.

—Yo sí —dijo Susan sonriendo, y añadió rápidamente—: El éxito puede ser malo si te hace sentir tan satisfecho que ya no sales nunca de tu zona de comodidad. De ese modo, no aprendes nada nuevo y, cuando las cosas cambian con el tiempo, no estás a la altura de las circunstancias y no sabes hacerles frente. Lo que ayer era éxito tal vez no lo sea mañana.

—Eso es terrible, Suz —declaró Jennifer que, pese a sus protestas, la había escuchado atentamente—. Sólo con oírte se me quitan las ganas de tener éxito. ¡Casi, pero no del todo! —dijo burlándose de sí misma.

—En mi caso —continuó la abuela—, cuando me siento inquieta, me recuerdo a mí misma que esa inquietud es la que da emoción a mi vida, que de otro modo podría ser terriblemente aburrida. En repostería, muchas recetas incluyen corteza de limón rallada, que suele ser muy amarga, para realzar el sabor. Cada vez que tengo un problema me gusta imaginármelo como un limón grande y jugoso. Eso hace que se me quite el temor. <u>La cuestión es no perder el sentido del humor y no tomarse demasiado en serio a sí mismo.</u>

»Al fin y al cabo, Dios nos ha dado piernas para tropezar —concluyó la abuela—. Tenéis que hacerme caso, aunque os ponga ejemplos tontos.

—Para mí siempre tiene sentido lo que dices —afirmó Jennifer.

Después de esa charla, no trabajamos gran cosa. Nos sentíamos alegres y nos satisfacía el hecho de haber cumplido un objetivo menor, pero que en ese momento era el más importante: acabar la superficie de los quilts. Había que celebrarlo.

La abuela había mostrado a Jennifer y a Susan los seis primeros hilos dorados: compromiso, objetivos, planificación, trabajo de calidad, responsabilidad y aprendizaje. Todas eran lecciones importantes y serias. Por suerte, la abuela se había asegurado también de que mis hijas se divirtieran trabajando, y a la sazón las dos estaban contentas al reconocer sus logros parciales.

«¡Hay que retener los buenos momentos!», solía decir Jack cerrando el puño con un gesto positivo y apasionado. Con demasiada frecuencia recordamos los tiempos difíciles, los analizamos, los destacamos y nos angustiamos pensando en ellos... más de la cuenta. Sin embargo, permitimos que los ratos dichosos, los momentos especiales, se alejen de nosotros, sin apreciarlos debidamente.

Igual que la suave y oculta guata de algodón que rellena un quilt, los recuerdos permanecen escondidos en nuestra memoria. Espero que cada una de las puntadas que den las muchachas retenga recuerdos maravillosos que las deleiten y reconforten durante los años venideros.

Hilo dorado n.º 1
Adquiere un compromiso

Hilo dorado n.º 2
Márcate una meta

Hilo dorado n.º 3
Hazte un plan de trabajo y ejecútalo

Hilo dorado n.º 4
Haz siempre un trabajo de calidad

Hilo dorado n.º 5
Asume responsabilidades y atente a ellas

Hilo dorado n.º 6
Haz del aprendizaje un hábito permanente

ABRIL

HERMANAS

La primavera seguía su curso con la mezcla habitual de tormentas tardías y floraciones tempranas.

El mes pasado la abuela había utilizado su propio quilt «Rosas y Corazones», cuya parte superior estaba ya terminada, para que las chicas practicaran añadiéndole el forro posterior y el material de relleno. A continuación les había asignado la tarea relativamente fácil de preparar las superficies de sus propios quilts antes de proceder a la labor de acolchado. Primero tendrían que calcar cuidadosamente, a lápiz, el patrón que habían escogido; estas líneas servirían de guía para las puntadas finales.

Luego habrían de extender sobre el suelo la gran pieza de tejido que serviría de forro posterior, y añadirle una capa de guata para el relleno antes de cubrirla con la superficie del quilt. Después unirían firmemente las tres capas por medio de largos hilvanes formando un gran diseño cuadriculado que impediría que las capas se movieran o se arrugaran mientras trabajaban en ellas. Hay quien se salta este paso y se limita a sujetar las tres capas con alfileres, pero, naturalmente, la abuela insistió en que la primera vez lo hicieran «como Dios manda», para aprender el sistema y evitar disgustos desagradables. En esta ocasión las dos hicieron caso a las advertencias dictadas por la voz de la experiencia y siguieron sin rechistar las instrucciones.

Mientras nos dirigíamos a ver a la abuela, las chicas no sabían que en el portaequipajes llevábamos un bastidor plegable para quilts que yo había comprado para ellas. Las dos habían demostrado una gran perseverancia en su labor, así que su esfuerzo merecía una compensación adecuada: otra «herramienta de calidad» para reforzar el hilo dorado de la abuela referente al trabajo de calidad. No me imaginaba que ese regalo iba a ocasionar nuevos contratiempos a Jennifer y a Susan, a darles otra oportunidad de aprender una lección muy valiosa.

De camino a Clareville, Susan preguntó si podíamos detenernos a comprar unas flores para la abuela. Al volver a subir al coche con su adquisición, Susan se reía, y las demás comprendimos el motivo de su alborozo cuando a nuestra llegada a casa de la abuela, ésta sacó las flores del envoltorio: ¡unos llamativos narcisos amarillo «limón»!

Pero no era la única sorpresa que Susan le reservaba a la abuela.

—He pensado en tu sugerencia de «darle emoción», abuela —informó Susan—, y decidí cambiar el diseño del quilt. Era demasiado, umm, conservador y poco arriesgado. Mirad, ¿qué os parece? —desdobló tímidamente su trabajo.

¡Nos quedamos asombradas! Una vez más, Susan había descosido cuidadosamente, y esta vez en secreto, parte de cada bloque y había reemplazado algunos de los apagados retales beige por un nuevo tejido de alegre color amarillo. El efecto resultaba electrizante. El quilt había cobrado vida. Lo que antes era bonito, pero conservador, ahora era excitante y único.

—¡Es extraordinario! —Jennifer felicitó a Susan y todas comentamos la mejora que un simple cambio de color había conseguido. Era un ejemplo excelente del efecto palanca: un pequeño empujón en un lado de la palanca puede tener un efecto mucho mayor que en el otro lado. ¿No fue Newton quien dijo: «Dadme un punto de apoyo y moveré el mundo»? Un pequeño cambio bien elegido en el quilt de Susan había logrado una enorme transformación.

—Me gusta mucho más ahora —admitió Susan—. No estaba segura de que fuera a quedar bien, pero tenía que arriesgarme. Pues bien, este quilt siempre me recordará que hay que salir de la zona de comodidad y dar emoción a la vida, como dice la abuela.

Igual que el quilt, la propia Susan parecía brillar con renovada confianza en sí misma. Estábamos todas tan excitadas que nos costó ponernos de nuevo manos a la obra. Pero después de algunos minutos de exclamaciones, felicitaciones y charla general para contarnos las novedades, la abuela sugirió que empezáramos a trabajar. Tenía previsto enseñar a Jennifer y Susan los puntos de acolchado que unen las capas del quilt, y para ello había preparado dos bloques hechos de retales, colocados en dos pequeños bastidores.

—El pespunte ideal es pequeño, recto y está espaciado uniformemente —instruyó la abuela mientras hacía una demostración—. Es sencillo, aunque a estas alturas no os sorprenderá descubrir que a veces las cosas simples cuestan trabajo. Ésa es la paradoja de la vida: es fácil complicar las cosas y difícil que las cosas resulten sencillas.

Mientras practicaban salí a hurtadillas hasta el coche para buscar el nuevo bastidor, que me dispuse a montar.

—Bueno, ahí lo tenéis —dije sacudiéndome el polvo de las manos después de haberlo ensamblado. Sólo había tardado veinte minutos. Quince minutos de lucha sin leer las instrucciones y cinco minutos de trabajo después de leerlas. Las tres avispadas y sabias mujeres me miraron y menearon la cabeza compasivamente. Mejor no hacerles caso. Nunca sigo las instrucciones de los fabricantes. Llamadlo una manía. Es una peculiaridad sobre la que Jack siempre me tomaba el pelo. La cosa empezó cuando, recién casados, yo intenté cambiar la bolsa de la aspiradora y acabé expulsando toda la porquería sobre nuestra alfombra recién estrenada. De modo que a Jennifer lo de la imprudencia le viene de familia, eso seguro. Naturalmente, si yo siguiera el manual las cosas me saldrían bien a la primera, pero prefiero no hacerlo así. Es una manera de retener a Jack cerca de mí, para seguir sintiendo su cariño tolerante.

Por suerte, siempre puedo decir a las chicas aquello de «la enseñanza es útil venga de quien venga». Al fin y al cabo, todos somos imperfectos y no siempre hacemos lo más conveniente. Suelo decirles a mis hijas que para aprender no hay que esperar que el maestro sea perfecto.

—¿Qué tal ha quedado? —les pregunté mostrándoles el bastidor.

—Perfecto —dijo Susan, intentando obviamente complacerme.

—El único problema que veo —dije— es que tenemos dos quilts y un solo bastidor.

—Eso no es ningún problema —dijo Jennifer como si ya lo hubiera previsto—. Determinaremos el tiempo que le corresponde a cada una utilizarlo.

—Sí, podemos alternarnos —dijo Susan llena de júbilo.

—De acuerdo. —Me encogí de hombros mirando a la abuela—. Lo que creáis más conveniente.

—Hablando de problemas, ¿qué sabéis acerca de resolver problemas en general? —preguntó la abuela.

—Uno de mis profesores siempre nos dice que los problemas no existen, que deberíamos llamarlos «retos» —respondió Susan.

—¡Tonterías! —bufó la abuela con cierta irritación—. Hay gente que cree tontamente que si empleamos palabras positivas encontraremos soluciones positivas y creativas ¡Sí, en el aire, supongo! Lo malo es que si dices «reto» pero percibes un «problema», no sólo te estás engañando a ti misma sino que intentas engañar a los demás con tu falso optimismo.

»Prefiero no participar en estos juegos verbales. Un problema es un problema. Así de claro. Un problema, como en matemáticas, es una cuestión que necesita una solución. Y para cada problema existe una solución. Creo que es más importante adoptar una buena actitud frente a los problemas que cambiar estúpidamente una palabra de tu vocabulario porque está de moda hacerlo. Si crees que existe una solución positiva a un problema, sea cual fuere, la encontrarás. Pero para hacerlo es necesario un procedimiento. ¡Retos! ¡Ja! —A la abuela la había molestado de verdad aquella ocurrencia. Nadie ha dicho que las ancianas sabias han de ser dulces de carácter.

—¿Es la resolución de problemas un hilo dorado? —se atrevió a conjeturar Susan, deseosa de adivinar la siguiente lección.

—No, bobita. —La abuela le dio un cachete cariñoso en la mejilla—. Es una cuestión de sentido común. A ver, voy a plantearos un problema —continuó aún excitada—. Tomad este pedazo de papel, dibujad nueve puntos en él, así:

●   ●   ●

●   ●   ●

●   ●   ●

»Ahora, colocad el lápiz sobre uno de los puntos. Sin levantar el lápiz, conectad los nueve puntos utilizando sólo cuatro líneas rectas. Puede hacerse —aseguró.

Las chicas hicieron lo que les decía y no tardaron mucho en darse por vencidas. La abuela se recostó en la silla y observó cómo se esforzaban durante unos minutos hasta que al final se rindieron.

—Pues bien, la solución es ésta —y rápidamente les mostró la figura correcta.

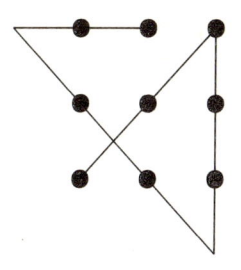

»Lo que os ha pasado es que os habéis rendido. Había una solución pero os habéis dado por vencidas antes de descubrirla. ¿No os dice nada esto? No quiero ser dura con vosotras, pero la verdad es que se trata de un problema sencillo. ¿Qué sucederá cuando os enfrentéis en la vida a problemas verdaderamente complicados?

Las chicas parecían disgustadas.

—¡Vaya! —exclamó Jen.

—El problema es que habéis dado por sentado que teníais que permanecer dentro del cuadrado que forman los puntos. Yo no os he dicho que lo hagáis. La solución está en salir de los puntos. Las soluciones a los problemas se hallan a menudo fuera del marco de nuestras suposiciones. Las suposiciones pueden ser fatales a la hora de encontrar soluciones creativas; aferrarse inflexiblemente a una suposición es fatal para pensar con creatividad. Así que, no lo olvidéis, analizad siempre vuestras suposiciones y, si fuera necesario, cambiad de punto de vista. La primera parte del proceso consiste en deshacerse de las ideas preconcebidas.

»Y lo siguiente es que la gente dedica demasiado tiempo a pensar en el problema en vez de buscar la solución. No analicéis repetidamente el problema; descubrid la cortapisa o el obstáculo que ha creado ese problema. Esforzaos en superar esa limitación. Pensad que sólo tenéis que invertir el 20 % de vuestro tiempo y energía en comprender el problema, y reservar el 80 % para la solución.

»Puesto que la parte de cerebro que resuelve problemas funciona automáticamente y responde a lo que se le plantea, haced preguntas concretas, preguntas útiles. Peguntad "cómo" en vez de "por qué". Los "por qué" te mantienen encallado en lo que sucedió, tienden a generar razones y excusas y son estáticos. Sólo Dios sabe las respuestas a todos los "por qué" que nos planteamos en la vida. Pero es posible hallar las respuestas a los "cómo". El preguntar "cómo" nos hace avanzar hacia el resultado. La respuesta a los "cómo" implica siempre una acción, y las soluciones siempre son activas.

»Una buena idea es plantear preguntas que

originen respuestas múltiples, por ejemplo: ¿de cuántas maneras puedo hacer esto? Normalmente hay más de una respuesta correcta al problema. Permitíos ser creativas y considerad respuestas alternativas, hasta decidir cuál es la más práctica en cada caso. Vuestro cerebro dará súbitamente con algunas posibilidades. Es una cuestión de simple sentido común. —La abuela alzó las manos abiertas—. Claro que, como observó en una ocasión el escritor Richard Needham, "la gente tiene mucho sentido común porque la mayoría nunca lo usa".

—A menudo —intervine yo—, la gente no se fía de las respuestas creativas que se le ocurren porque considera que la palabra «problema» implica algo negativo. Recordad, el problema, como el fracaso, no es ni benigno ni malévolo. No tiene en cuenta si la situación te hace sentir bien o mal.

»Me divierten mucho las personas que despotrican amargamente ante incidentes menores, como un semáforo en rojo al llegar a un cruce. ¡Como si todo el mundo quisiera fastidiarlos a propósito. Un semáforo en rojo no es más que un incidente. Un problema es algo que sucede. Por lo tanto puedes permitir que te afecte, ya sea de un modo positivo o negativo.

—Es decir —añadió Susan—, que hay que ser responsable y decidir la propia reacción. Es asombroso cómo la responsabilidad sigue colándose en todo lo que hacemos en la vida. Si los problemas, como los fracasos, adquieren el cariz que queremos darles, podemos decidir considerarlos oportunidades emocionantes.

—Exacto —confirmé—. Ésa es mi actitud. Yo prefiero creer que los problemas son una ocasión para mostrarme creativa.

—Pues yo encuentro que la terquedad es muy útil —confesó la abuela riéndose de sí misma—. Me produce un placer perverso resolver un problema que alguien pensaba que yo no podría solucionar.

La abuela y yo habíamos acordado dejar que las cosas siguieran su curso y observar a dónde llevaban a Jennifer y Susan.

La primera semana en que se repartieron las horas del bastidor resultó ser un desastre. A veces las dos tenían tiempo libre y querían aprovecharlo trabajando en su quilt. Había también ocasiones en que cada una estaba ocupada en sus actividades e insistía en que era el turno de la otra. En cuanto habían establecido un horario, una de ellas necesitaba cambiarlo debido a algún conflicto inesperado.

—Mamá, ¿qué vamos a hacer? —gimió Susan cuando aparecí en medio de un debate acalorado que por lo visto mantenían hacía rato.

—Estamos intentando ser eficientes como dice la abuela. Creíamos que lo mejor era fijar un horario. Pero no funciona —se quejó Jennifer.

—Centrémonos en lo básico —les dije para que reflexionaran—. Analicemos el problema desde el punto de vista de vuestros objetivos. ¿Cuál es el tuyo, Jen?

—Acabar mi quilt —respondió Jennifer.

—¿Y cuál es tu objetivo, Susan? —pregunté a mi otra hija.

—El mismo. Acabar el quilt —respondió ella.

—Ambos quilts, ¿de acuerdo? —continué.

—De acuerdo —respondieron con cautela.

—¿Cuál es la cortapisa o el obstáculo más importante?

—El tiempo para hacer el trabajo, supongo —sugirió Jennifer.

—¿Y cómo podéis intentar llegar a una solución? Ya que ésta no funciona... —apunté.

—Intentando otra. —Jennifer asintió cansadamente con la cabeza.

—¿Y? –insistí.

—Centrarnos al 80 % en la solución —recordó Susan.

—Bien. Ambos quilts. Tiempo. Opciones. Nos vemos a la hora de cenar —concluí, y me dirigí a la puerta.

—¿Es todo lo que tienes que decir? —preguntaron, decepcionadas.

—Por el momento —les prometí.

Cuando regresé, llegaban risas del salón. Encontré a Jennifer y a Susan sentadas en dos extremos opuestos del bastidor, las dos dando puntadas, con una sonrisa de oreja a oreja.

—Se os ve muy satisfechas de vosotras mismas —dije—. ¿Qué pasa?

—Hemos encontrado una solución. ¡Como tú esperabas! —Jennifer se rió—. Hemos caído en la cuenta de que podríamos ahorrar un montón de tiempo si las dos trabajamos juntas en cada quilt. Hemos decidido alternarnos por semanas. Dejamos un quilt en el bastidor durante una semana y la que tenga tiempo, cuando le sea posible, trabajará en él. A veces lo haremos juntas. Y la semana próxima trabajaremos en el otro quilt —explicaron.

—Tendremos que buscar un tiempo medio de dedicación para terminar ambas casi a la vez —dijo Susan—. No nos importa en qué quilt trabajamos. Es un trabajo en equipo y, de hecho, ahorramos tiempo al no tener que colocar y retirar el quilt cada vez que queramos trabajar.

—A mí me parece bien. Habéis dado con una solución con la que ambas saldréis ganando. Me alegro. La cooperación es siempre la mejor fórmula —les felicité.

—¿A qué te refieres con lo de que ambas saldremos ganando? —preguntó Susan.

—Es una expresión que se usa para negociar —expliqué—. La mayoría de la gente inicia negociaciones con lo que llamamos mentalidad de perder o ganar. Desea ganar. Es un planteamiento competitivo e implica que la parte más fuerte, o la mejor, superará a la otra. El problema es que el que pierde acaba ofendido con el acuerdo tomado y, a menudo, incluso acaba saboteándolo. Sucede constantemente en el mundo de los negocios y la política.

»La estrategia de que todas las partes salgan ganando tiene como objetivo permitir que ninguna de ellas quede perjudicada o, más bien, que las dos obtengan ganancias. Cuando las dos partes se sienten satisfechas, lo más probable es que sostengan el pacto. Es una forma de actuar en cooperación.

—Pero, mamá, también cuando propusimos un horario justo de alternancia pensábamos que estábamos cooperando. ¿Qué había de malo en ello? —preguntó Jennifer.

—Es cierto que intentabais cooperar, lo cual significa que ibais por buen camino. La cuestión es que, al menos yo lo veo así, cada una de las dos partía de la premisa de que el objetivo era únicamente acabar su propio quilt y, por lo tanto, sólo estabais dispuestas a tolerar, con cierta irritación, que el objetivo de la otra se interpusiera en vuestro camino.

»Cuando comprendisteis que la verdadera necesidad era acabar ambos quilts, fuisteis capaces de considerar otras ideas, como trabajar en el quilt de la otra, a sabiendas de que la otra también trabajaría en el vuestro, y que así terminaríais la labor —analicé—. Habéis recurrido a la sinergia. Significa que la fuerza combinada de vuestras acciones produce un resultado más importante que la suma de vuestras fuerzas individuales. Estáis dispuestas a invertir tiempo y esfuerzo en el quilt de vuestra hermana y sabéis que ella los invertirá en el vuestro. Ese tipo de cooperación, de sinergia, se produce tan sólo si existe confianza mutua.

—Creo que lo entiendo —dijo Jennifer—. Pero, mamá, ¿por qué no funcionó lo de ser eficientes?

—Ser eficiente funciona únicamente con uno mismo y con las cosas que uno hace. No se puede hacer que los demás sean eficientes. Cuando hay otra persona implicada tenéis que pensar en función del resultado final, en el modo de lograr un resultado con el que todo el mundo esté contento. Tal vez se tarde más en lograrlo pero merece la pena.

»Tomemos un ejemplo del mundo de los negocios —sugerí—. En bien del rendimiento, una empresa puede instalar un ordenador que trabaje más rápido que las personas. Pero si eso supone despedir a empleados que tendrán que cobrar el subsidio de paro, la solución no será eficaz a largo plazo para la sociedad. No estoy en contra de los ordenadores ni de las máquinas de por sí, siempre que recordemos que la gente necesita trabajar para sobrevivir, y que el trabajo debe tener sentido para ella y dar valor a su existencia. A veces perdemos de vista el hecho de que lo importante es la gente, no los sistemas.

»En nuestra precipitada carrera por emular la eficiencia de las máquinas hemos olvidado la eficiencia humana. Hemos olvidado nuestro objetivo. Se supone que la eficiencia facilita la vida a la gente, que tiene que aumentar la calidad de vida. Pero si creamos un sistema de máxima eficiencia a escala global que lo haga todo por nosotros, y la gente se desanima y acaba por morir espiritualmente porque no encuentra significado a la vida... todo habrá sido en vano.

»Bueno, aún me queda otro discurso apasionado que pronunciar. Volviendo al tema de vuestro problema de hoy, me siento orgullosa de las dos. Habéis asimilado muy bien lo que la abuela os ha enseñado con los seis primeros hilos dorados para lograr el éxito: compromiso, objetivos, planificación, trabajo de calidad, responsabilidad y aprendizaje. Hasta el momento, todas estas lecciones se han centrado en valores normales y en vuestro desarrollo personal como individuos. Yo lo llamaría "trabajo interno". Aprendéis al mismo tiempo, pero todo sucede en vuestro interior. Como ya sabéis, es ahí donde tiene que iniciarse el éxito, en vuestras creencias y actitudes.

»Al encontraros con dos quilts y un solo bastidor, se os ha planteado por primera vez una situación de reciprocidad y habéis tenido que poner en práctica vuestra capacidad de cooperar. El siguiente paso es aprender a trabajar con los demás. La forma de comportarte con los demás refleja fielmente el desarrollo de tu carácter y tus creencias.

»Es una pena que la abuela no esté aquí para participar en esta charla. Si estuviera, os explicaría que la cooperación es el séptimo hilo dorado. La cooperación es el modo más eficaz y afable de trabajar. El individuo por su cuenta sólo puede lograr un éxito limitado. Los éxitos más importantes se consiguen mediante el esfuerzo en equipo.

»¿Recordáis la regata de la Copa de América, en 1979? El capitán Dennis Conner atribuyó generosamente la victoria a su tripulación. La navegación de competición requiere una coordinación milimétrica en las maniobras y el capitán optó por descartar una tripulación de marineros expertos que por naturaleza y formación tendería a actuar con independencia. En su lugar, eligió un equipo de remeros habituados a remar en equipo, a actuar sincronizados. El éxito no se lo llevó un equipo de campeones sino un equipo solidario.

—¡Qué historia tan genial! —exclamó Jennifer con entusiasmo.

—Así es —continué—. Si creéis en la cooperación buscaréis automáticamente soluciones con las que todo el mundo salga ganando.

—Como lo del equipo de remeros —apuntó Susan.

—Si lo analizamos, es fácil determinar qué factores contribuyen a hacer que todo el mundo salga ganando. ¿Qué pensáis vosotras? —pregunté.

—Obviamente, hace falta tener claro el objetivo, a fin de que ambas partes consigan lo que quieran o necesiten —me respondió Jennifer—. En nuestro caso, las dos queremos terminar los quilts.

—¿Cómo os aseguráis de que la otra parte consiga lo que quiera?

—Supongo que escuchando a esa otra parte, interesándose por ella y prestando atención a sus necesidades —respondió Susan.

—¿No os suena a algo todo esto?

—Me recuerda lo que hablamos anteriormente acerca de dar un servicio de calidad al cliente —sugirió Jennifer.

—Umm —respondí con gesto de aprobación.

—Sí. —Jennifer sonrió—. El servicio. Todo trabajo es un servicio. El servicio se equipara a la recompensa. ¡Incluye a tu cliente, a todo el mundo, en tu equipo, y busca la solución con la que todo el mundo salga ganando! —concluyó Jennifer levantando el pulgar en un gesto de victoria.

—Fantástico. Pero ¿cómo tendréis la certeza de que obtendréis vuestros propios deseos? —continué.

—Comunicándolos con claridad y franqueza. Siendo responsables y firmes —respondió.

—Bien. ¿Hay alguna cosa más que posibilite soluciones en las que todo el mundo salga ganando?

—Será necesario que las partes acuerden el trabajo que han de hacer, las expectativas de rendimiento y los resultados —dijo Susan—, y que se avengan a trabajar conjuntamente. —Señaló el quilt—. En nuestro caso, tenemos que coser el quilt de la otra con el mismo cuidado con el que cosemos el nuestro. Como hemos dicho antes, hay que estar dispuesto a invertir en los resultados de otra persona.

—Excelente.

—Eso mismo —continuó Jennifer—. Y, como hemos adquirido un compromiso, las dos podemos confiar en que la otra jugará limpio y no mirará sólo por sus propios intereses.

—¡Premio! La confianza es absolutamente crucial. Sin confianza no hay compromiso y sin compromiso no hay soluciones que nos permitan salir a todos ganando —dije en son de aprobación.

—De modo que hemos dado la vuelta completa al círculo hasta regresar al primer hilo dorado de la abuela: el compromiso —señaló Jennifer—. Ella nos dijo que eran doce los hilos dorados para lograr el éxito, ¿cuáles serán los siguientes?

—Supongo que tendremos que esperar para enterarnos —dije sonriendo con aire misterioso.

Sacudieron la cabeza y volvieron a su meticulosa labor sobre el bastidor. Las observé durante unos minutos y luego comenté:

—A la abuela le va a encantar vuestra solución a la antigua usanza.

—¿Qué quieres decir? Pensaba que este tipo de soluciones eran el último grito en las ciencias empresariales. ¿Qué quieres decir «a la vieja usanza»? —Jennifer parecía contrariada.

—Bueno, miraos a vosotras mismas. ¡Hijas mías, habéis reinventado las sesiones de costura de la abuela! —dije.

Alzaron la vista de su labor y, mirándose una a otra, estallaron en carcajadas.

—Tienes razón, mamá. Igual que hacían años atrás la abuela y las demás mujeres en la granja, todas sentadas alrededor del bastidor. ¡Aquí estamos, dándole a la aguja! —exclamó Susan.

—Y repartiéndonos la faena —añadió Jennifer.

—En aquel tiempo —agregué yo—, nadie elaboró un estudio de productividad y eficiencia para ese trabajo. Ni tampoco nadie les enseñó técnicas de gestión. No obstante, a lo largo de la historia, las mujeres se han dedicado por instinto a trabajar en cooperación y a hacer más agradable la vida para todo el mundo. Creo que el sentimiento de solidaridad con los demás es uno de los más elevados del ser humano. Y la mayoría de las mujeres lo tiene muy arraigado.

—Muy inteligente de su parte, ¿no os parece? —comentó Jennifer.

—Muy eficiente —indiqué.

—¡Y da buenos resultados! —dijeron a coro.

Hilo dorado n.º 7
Coopera

MAYO

«SÍ, SÍ QUE PUEDE»

No sé si será la energía del final de la primavera y el júbilo por la proximidad del buen tiempo lo que mantenía superajetreadas a mis dos costureras. Lo cierto era que Jennifer y Susan disfrutaban de verdad con su trabajo, a pesar de sus dedos pinchados y espaldas doloridas.

Me las encontraba a menudo cosiendo por separado con la televisión o la radio encendida, Jennifer escuchando música pop y Susan deleitándose con Mozart. Pero también era frecuente encontrar a las dos sentadas ante el bastidor que habían adoptado como instrumento comunitario de trabajo. A veces yo alcanzaba a oír fragmentos de conversación, risas, debates sobre rock contra música clásica, hombres, etcétera. Así sentadas, una frente a la otra y durante horas, no podían evitar conversar.

Por extraño que parezca, entre ellas se estableció una verdadera comunicación: se escuchaban, discutían, intentaban comprenderse, se reían, disfrutaban y aprendían de sus diferencias; se sentían gratamente sorprendidas por lo que descubrían de aquella extraña que era su propia hermana. Las dos habían tomado buena nota de la lección sobre cómo resolver los problemas y estaban deseosas de abandonar las ideas preconcebidas que tenían una de la otra, a fin de conocerse mejor.

Aquello me trajo a la memoria la «teoría de la precesión» de Buckminster Fuller, que más o menos viene a decir que a menudo sucede en la vida que, mientras avanzamos en dirección al objetivo que creemos perseguir, nuestra verdadera finalidad tal vez nos pase desapercibida. Me viene a la mente el ejemplo de la abeja obrera, muy apropiado para el caso. La abeja vuela hasta una flor u objetivo pensando que su propósito es hacer miel. Sin embargo, dentro de un esquema superior de la naturaleza, su verdadera finalidad es la polinización cruzada de las flores, aunque la abeja no lo sepa. Descubrir nuestro auténtico propósito puede ser un reto permanente en nuestra vida.

Para Jennifer y Susan, conocerse una a otra fue un regalo inesperado, derivado de su objetivo aparente, que no era otro que acabar sus quilts. Al aplicarse en su trabajo cosecharon beneficios «imprevistos en la rutina cotidiana», como escribió Emerson.

—Susan va a ser una buena maestra —afirmó Jennifer categóricamente—. Mamá, tengo que contaros a ti y a la abuela lo que sucedió el sábado pasado. Susan hizo de canguro para Lisabeth.

Abuela, Lisabeth es la hija de cuatro años y medio de nuestra vecina, la señora Martelli.

»Cuando llegué a casa me encontré a las dos en la sala junto al bastidor. Lizzie estaba subida encima de un listín de teléfonos. "¿Qué estáis haciendo?", les pregunté, y Susan contestó: "Lizzie me está ayudando a hacer el quilt." "Si no puede, ni siquiera sabe coser", le digo yo. "Sí, sí que puede. Mira", y Susan me explicó que Lizzie tenía tantas ganas de ayudarla que ella le enseñó a enhebrar las agujas, vigilándola de cerca, por supuesto. La niña tardaba muchísimo en enhebrar una sola aguja, pero ya sabéis lo tenaz que puede ser una cría de cuatro años. Lizzie me señaló las puntadas que Susan había dado con su hilo, y estaba muy orgullosa de ello, os lo aseguro. ¿No es estupendo?

—Claro que sí —respondió la abuela—. Es una gran verdad que todo el mundo puede cooperar de una forma u otra. A veces hay que pensar con creatividad para encontrar la manera, pero siempre existe un papel para cada uno.

»Una vez más, si pensáis en vuestro quilt, sus componentes son muy diversos, pero todos son importantes. La cara superior del quilt es artística y atractiva a la vista. El forro le da solidez. Incluso la guata invisible que hay entre estas dos capas aporta un factor necesario: la retención del calor. Las puntadas de acolchado mantienen unido el conjunto y con su diseño dan personalidad al quilt.

»Lo mismo sucede con la gente. Incluso las tareas invisibles o las labores que se llevan a cabo en la trastienda son necesarias para el conjunto. Por lo tanto, hay pequeñas tareas para los más pequeños y tareas de más importancia para los mayores.

»Ya veis, aportar su granito de arena es una manera de sentirse integrado. Todos necesitamos sentir que formamos parte de algo, que somos importantes. La persona que coopera se siente bien, se siente valiosa y necesaria, y también vinculada a los demás. Como dice la Biblia, "es más bienaventurado el que da que el que recibe", entendiéndose por bienaventurado aquel que se siente bien.

»Influir positivamente en la vida de los demás es la manera de dar sentido a nuestra vida.

—Así que, «coopera» es el hilo dorado número siete, e «influye positivamente en la vida de los demás» debe ser el número ocho, ¿no? —sugirió Susan.

—Exactamente —continuó la abuela—. Podemos cooperar a niveles muy diversos. Cuanto más éxito tienes en lo referente a realización personal, más capaz de cooperar eres, y más deberías aportar. Cuando triunfamos en algo, estamos obligados a mostrar nuestro agradecimiento ayudando a tener éxito a los que vienen detrás de nosotros.

»Es el concepto de "pagar el diezmo". No se refiere sólo a dar dinero en la iglesia a obras de caridad. Significa trabajar de tal manera que procures que todos los demás prosperen a su vez. La forma de devolver el éxito y la abundancia que hemos recibido es contribuir al bien de la so-

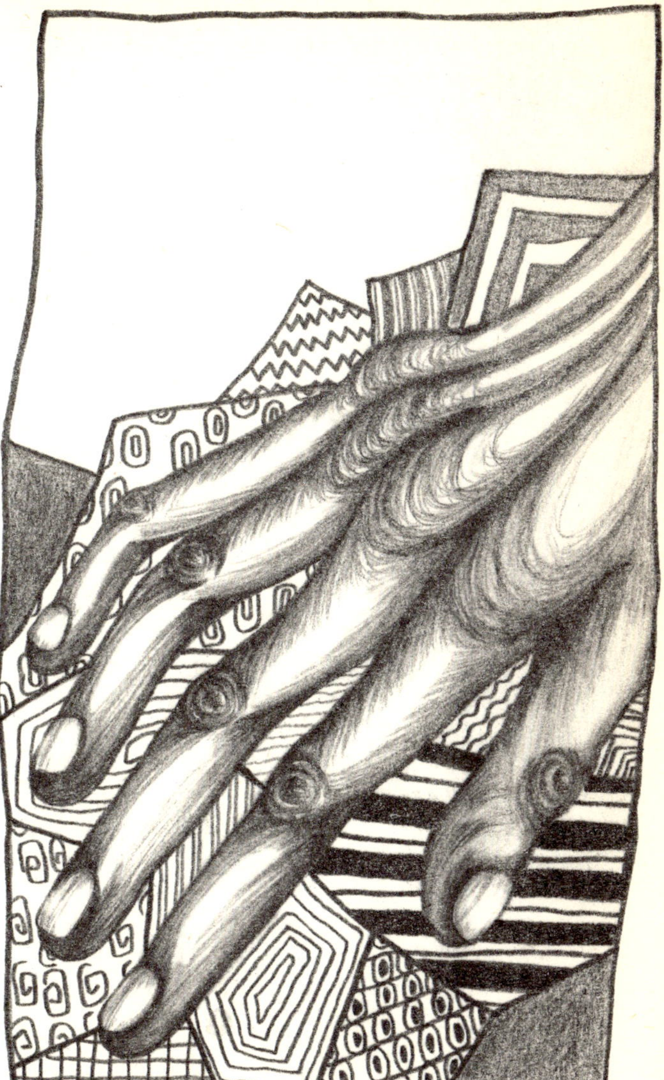

ciedad mediante nuestro trabajo y hacer algo por los demás a través de nuestras relaciones personales.

»La aportación es el máximo nivel de servicio o trabajo. Recordad que, en la vida, la recompensa que recibimos es proporcional al servicio que prestamos. Por considerarlo de otro modo, "el servicio es el precio que pagamos por el espacio que ocupamos en la vida" —concluyó.

Jen reaccionó con una serenidad reflexiva poco normal en ella. (Me la imaginaba pensando que aquello le recordaba demasiado a los Evangelios.) El dilema, tal y como ella lo percibía, estaba entre perseguir el dinero y el éxito mundano o perseguir una paz mental con sentido, y posiblemente sin retribución.

Susan es afortunada. Es una de esas personas que tienen la suerte de haber sabido siempre lo que quieren hacer. Quiere enseñar. Es profunda y seria, y desde joven ha percibido con serenidad la finalidad de su vida. Aunque Susan me ha dado otras preocupaciones, nunca he tenido que inquietarme por sus convicciones y sus objetivos. Jennifer, por otro lado, es el elemento inadaptado de la familia y por ello ha recibido bastantes jarros de agua fría. Durante años le ha resultado difícil dar un rumbo a su vida, ha cambiado de idea innumerables veces. Ha cambiado de carrera como cambia de chaqueta.

Como hija de su generación, el éxito en forma de dinero fácil y rápido es un señuelo superficial. Sin embargo, cuando durante una conversación tranquila se toca seriamente ese tema, sus reflexiones revelan la base profunda de su carácter, fundamentada en principios morales, que pugna por justificar sus metas materiales. Nuestras largas sesiones de charla han revelado estos deseos ambiguos, que aparentemente se excluyen unos a otros.

Regresé a la conversación. La abuela continuaba exponiendo sus pensamientos.

—¿Conocéis la expresión «recoges lo que siembras»? —Las muchachas asintieron—. Tiene cierta connotación de «venganza», ¿no os parece? Una especie de «vas a llevarte tu merecido». Pero creo que además encierra un significado más profundo. Creo sinceramente que la vida, o Dios, coopera con las buenas causas. Cuanto más das, más recibes, y más tienes que dar.

La abuela las dejó reflexionar unos segundos y luego continuó:

—En la vida, la mayoría de cosas las hacemos pensando en nosotros mismos. La aportación a la sociedad es la forma de buscar el equilibrio de una manera más desinteresada. Todo necesita un equilibrio. La luz y la oscuridad. El verano y el invierno. Para contrapesar todos los afanes egoístas que tenemos necesitamos una parte desinteresada que sirva de estabilizador. Así es como se mantiene el equilibrio en la vida.

—Mira, Jen, no tienes que verlo como una situación exclusiva —sugerí—. No estás condenada forzosamente a escoger entre una vida en pos de un ideal y una vida confortable, o entre una vida con sentido y una vida materialista.

—¿Pero cómo se pueden conciliar las dos cosas? —preguntó.

—Piensa otra vez en tu quilt —expliqué—. Piensa, si quieres, en la esencia de la confección de quilts. Un quilt tiene una finalidad, ¿no es así? Puede servir a su función práctica sobre la cama: dar calor a una persona. Pero también tiene un aspecto estético, agradar a la vista, que se manifiesta a través del diseño externo. Los dos aspectos están entrelazados y equilibrados.

»Si eliminas la finalidad práctica del quilt, o de la vida, te quedas sólo con el artificio, sin sustancia. Si eliminas la característica estética y deleitable de tu quilt, o de la vida, se vuelve algo soso, sin color, sin vitalidad ni fuerza emotiva. ¿Te dice algo lo que acabo de explicar?

Jennifer asintió atentamente.

—Creo entenderlo. He de señalarme objetivos que tengan en consideración ambas cosas. He de hacer un trabajo que aporte algo a la vida de los demás. Aunque por otro lado debería ser también un trabajo con el que yo disfrute y que aproveche mi talento —explicó con gesto reflexivo—. Me gusta la idea del éxito como proceso de trabajo hacia un objetivo, y también me gusta que desear «cosas» no sea algo malo.

Asentí.

—Si no he entendido mal lo que tú y la abuela decís —prosiguió Jennifer—, necesito estructurar mis objetivos profesionales basándolos en la idea de prestar un servicio a la gente, y no en la idea de hacer dinero. Las compensaciones llegarán de un modo natural gracias al servicio prestado, si hago lo que es correcto, de acuerdo con mis principios, mis intereses y mi talento. Eso crea una coherencia entre las acciones y los principios morales, lo cual es la clave de la felicidad y la paz mental. Debo buscar el equilibrio entre la finalidad y el placer —concluyó con satisfacción.

—¡Exactamente! Ésa es la manera de empezar —la animé.

—Estupendo. Ahora ya tengo el «cómo» muy bien hilvanado. Sólo me falta imaginarme los detalles del «qué» —sonrió.

Pocas semanas después Jennifer se me acercó.

—Mamá, me gustaría que me dieras tu opinión sobre las nuevas metas que me he marcado.

—¡Ah, perfecto! Cuéntame.

—Bien. —Hizo una pausa y tomó aliento—. He pedido un traslado al departamento de Atención al Cliente. He decidido que en un plazo de cinco años quiero convertirme en directora del departamento. Ya sé, vas a preguntarme por qué quiero ser la directora y estarás pensando que es para tener un salario elevado, una buena posición y todo lo demás. En parte es así, pero el otro motivo es que quiero inculcar a la gente lo que es un buen servicio de atención al cliente. Puedo influir positivamente en la vida de los demás de esa manera. Disfruto de veras ayudando a la gente y creo que se me da bien.

»También he pensado que me gustaría impartir un curso sobre planificación financiera básica en el instituto local, para enseñar y trasmitir algo de lo que he aprendido, para aportar algo —pareció azorada al contarme esto—. ¿Suena demasiado altruista?

—Suena mucho mejor que ganar un millón de dólares para comprarte un rancho en Colorado —le apoyé—. Creo que tu objetivo está muy bien y si yo puedo hacer alguna cosa no tienes más que decírmelo.

—Bueno, me gustaría saber tu opinión sobre el plan que he elaborado para los próximos cinco años. Necesito seguir algunos cursos y aprender ciertas técnicas. Mira, aquí lo tengo todo escrito —sacó los papeles de su bolso—. Lo llevaré siempre conmigo para no olvidarlo en ningún momento.

—¡Hasta un plan! ¡Estoy impresionada! —Le di un abrazo y nos sentamos a estudiar los detalles del plan de su nueva vida.

Algunos polluelos se caen del nido, otros saltan. De cualquier manera, o echan a volar o mueren.

Hilo dorado n.º 8
Influye positivamente en la vida de los demás

JUNIO

APARECE EL ABURRIMIENTO

Mis «obreras» llevan ya varias semanas desatendiendo considerablemente su trabajo de costura. Al principio encontraban a diario tiempo para trabajar en sus quilts, aunque sólo fueran unos minutos, y la labor avanzaba a buen ritmo. Su concentración inicial para dominar el punto de acolchado no tardó en dar buenos resultados y las puntadas eran cada vez más pequeñas y rectas, regularmente espaciadas. Mis hijas se sentían satisfechas de su nueva destreza al comprobar cómo realzaban la belleza del quilt los sutiles diseños del acolchado. Pronto fueron capaces de trabajar más deprisa y el movimiento de la aguja se volvió más natural y automático.

Al cabo de un tiempo, la labor ya no requería la misma concentración y, como podéis imaginar, su interés empezó a decaer.

Por irónico que resulte, la labor que les quedaba por hacer parecía incrementarse. El proyecto se convirtió en una tarea más onerosa y apareció el aburrimiento. Debido a la monotonía de ese trabajo repetitivo, cada vez le dedicaban menos tiempo.

—Así que, ¿cómo van los quilts, chicas? —preguntó la abuela aquella tarde en tono jovial.

«Muy bien» y «perfectamente» fue la respuesta igualmente jovial de mis hijas.

—Vaya, vaya —la abuela meneó la cabeza con recelo—. ¿Algún problema? —preguntó.

—No. Todo va bien, ¿verdad, Sue? Seguimos adelante. Claro que aún queda mucho que hacer —afirmó Jennifer con una animación algo afectada.

—Vaya, vaya —repitió la abuela—. De acuerdo. Habéis cumplido con vuestro deber de alegrar a una pobre anciana. Pero ahora decidme la verdad. Susan, siempre que dices «muy bien» con ese tonillo agudo sé que hay algún problema. ¿De qué se trata? —quiso saber la abuela.

—Bueno... —vaciló Susan.

—Abuela —se explayó de pronto Jennifer—, ¡es que es tan aburrido! ¡Es siempre lo mismo, una y otra vez! ¡Parece que no vayamos a acabar nunca, que estemos condenadas a seguir así eternamente!

—Y tú, Susan, ¿qué me dices? —preguntó la abuela.

—Lo siento, abuela, pero sí, es bastante aburrido.

—Ya veo. Bueno —prosiguió la abuela volviéndose hacia mí—, por lo visto lo que aquí hace falta es la medicina P para dos jovencitas con «poltronitis». ¿Qué dosis calculas que hará falta? —me preguntó.

—Oh, están muy mal. Como mínimo una dosis doble —contesté sonriendo.

—¿Qué? ¿Qué es la medicina P? —exclamaron a coro.

—Chicas, en todo trabajo hay un momento en el que la tarea se vuelve rutinaria por mucho que a uno le guste —explicó la abuela—. Incluso la ocupación más fascinante o el proyecto más excitante tienen momentos de monotonía. Parece que uno no encuentra nunca la ocasión de ponerse manos a la obra. La única solución es recordar la fórmula de la medicina P, compuesta de partes iguales de las palabras Positivas: Paciencia, Perfección, Porfía, Perseverancia y Pundonor.

»Nadie ha dicho que hacer quilts no lleve mucho tiempo. Así que tened Paciencia. Las mejores cosas en la vida, las grandes obras, no se producen de la noche a la mañana. Todo éxito, del tipo que sea, precisa paciencia. Cuanto antes lo aprendáis mucho mejor. Y si no sabéis esperar a que salgan las cosas, ya podéis empezar a practicar. Esto no quiere decir que dejéis la labor a un lado y la retoméis cuando os parezca que las cosas se han arreglado: significa mantener la concentración durante la espera.

»También debéis tener presente que la Perfección es vuestro objetivo permanente, lo cual exige trabajar mucho. A veces, hay que sacar fuerzas de donde sea para hacerlo. Como en un parto, en el que empujas hasta que consigues resultados, ¡o te mueres! La Porfía es esa obstinación necesaria para salir del bache, y la Perseverancia significa continuar pese a las dificultades que surjan en el camino. En último lugar, pero no por ello menos importante, hay que tener el Pundonor suficiente para no rendirse ni aceptar la derrota.

»Mirad, la medicina P es un elixir mágico que desarrolla vuestra resistencia. Si tenéis suficiente aguante, sobreviviréis el tiempo necesario para tener éxito. Por desgracia, a menudo la gente se rinde a pocos pasos del triunfo. Pero, si consigues aguantar, tal vez la meta se halle a la vuelta de la esquina —finalizó la abuela.

—Me gusta eso —exclamó Jennifer con entusiasmo—. Así que la próxima vez que esté aburrida me levanto y grito: «¡Tengo poltronitis!» —concluyó riéndose.

—Entonces, ¿hay que sentarse y continuar trabajando pese a todo? —preguntó Susan encogiéndose de hombros.

Ahí metí baza yo.

—Ante esta clase de situaciones —dije—, podéis adoptar otras conductas útiles y positivas que os ayudarán a combatir el aburrimiento y las horas bajas. En primer lugar, cuando os veáis obligadas a hacer una labor ardua, pensad que se trata de una acción voluntaria. Optad conscientemente por hacerlo.

—Lo que quieres decir, mamá —interrumpió Susan—, es, como en casos anteriores, que debemos ser responsables y decidir hacerlo.

—Exactamente —confirmó la abuela—. Recordad siempre que hacéis algo porque así lo queréis. Nadie os obliga, sólo vosotras mismas. Fuisteis vosotras las primeras que quisisteis confeccionar los quilts. Recordad el entusiasmo que sentíais al principio, cuando os imaginabais cómo serían los quilts ya terminados, y pensad en lo bien que os sentiréis cuando acabéis vuestra labor.

—¿Os acordáis de cuando hablamos de la planificación y dijimos aquello de «a camino largo, paso corto»? —dije—. Bueno, pues siempre resulta un remedio sencillo: desmenuzar la tarea, aparentemente interminable, en otras más pequeñas. Fijaos pequeñas metas, por ejemplo, hacer, digamos, un bloque cada dos semanas. De ese modo tendréis la impresión de avanzar más que si comparáis lo que habéis hecho con todo lo que os queda por hacer. Cada pequeña puntada parece insignificante en sí misma pero, al añadirse al conjunto, crea un quilt. Las pequeñas acciones cotidianas componen toda una vida, se suman para lograr un éxito. La vida es un cúmulo de cosas, y todo, cada pequeña puntada, cuenta.

—Otra cosa que podéis hacer es interrumpir la rutina —aconsejó la abuela—. Salid a hacer algo totalmente diferente y veréis como volvéis completamente renovadas. Si estáis hartas de leer, salid y haced ejercicio. Si estáis aburridas de hacer ejercicio, poneos a leer. La cuestión es hacer algo que implique partes diferentes de vuestro cuerpo y cerebro.

»Por último, y esto sí que es verdaderamente importante, lo que tenéis que hacer es salir y tratar con gente. Sé que suena raro pero, creedme, a menudo el fracaso y la rendición temprana son consecuencias del aislamiento. Cuando luchas a solas contra el dragón parece que éste aumenta constantemente de tamaño, hasta el punto de verte obligada a abandonar la lucha. Id a hablar con gente. Compartid vuestros problemas. Contad qué estáis haciendo y por qué, y sentiréis que vuestro entusiasmo aumenta automáticamente y recuperáis el ánimo. Tal vez descubráis que también los demás se han enfrentado a dragones similares.

»Huelga decir que tenéis que hablar con gente positiva, animosa, que os recargue de energías. Vuestro entusiasmo, a su vez, les dará energía a ellos. Manteneos alejadas de las personas negativas que os arrebatan el entusiasmo. No conseguiréis convertirlas en personas positivas, pero ellas conseguirán contagiaros su talante desdichado. Como suele decirse, "las penas siempre buscan compañía". La gente infeliz quiere que les acompañes en su desgracia. Evitad siempre a los miembros del club de los quejicas, os darán mil y una razones del porqué van a fracasar vuestros proyectos. No les hagáis caso. Recordad, si vuestros amigos no son felices ni tienen éxito, no sigáis sus consejos.

»Lo cual me lleva a la sorpresa de hoy —dijo la abuela cambiando el rumbo de la conversación—. Intuía que a estas alturas, a vosotras, chicas, os aburriría coser vuestros quilts. Éste es el punto en el que normalmente la labor pierde su encanto, cuando se ha superado la etapa de planificación y aprendizaje.

»Está muy bien ser positivo y tener propósitos que supongan actividad, pues entonces es realmente fácil hacer planes. Pero a veces también forma parte de la naturaleza humana sentirse despreciable y desmotivado frente al trabajo. Es estúpido negar estos sentimientos, lo mismo que llamar a un problema un "reto".

—¡Nunca volveré a cometer ese error! —exclamó Susan.

—Por consigueinte —la abuela continuó como si no la hubiera interrumpido—, es esencial disponer de estrategias de reserva, como las que hemos mencionado anteriormente, para ayudarnos a superar esos baches. Por asombroso que parezca, el noveno hilo dorado es: «Persevera en los momentos difíciles.» Se trata de saber hacer frente al lado más ingrato de la vida.

—Si no te conociera bien, abuela, pensaría que te estás inventando todo esto sobre la marcha —dijo Jennifer—. Da la impresión de que sabes qué es lo siguiente que nos va a suceder.

Susan no había oído el comentario de Jennifer. Seguía pensando en el último hilo dorado de la abuela.

De pronto su rostro se animó con una expresión de inspiración.

—A mí me parece que cuanto más confianza tienes en ti misma mejor puedes apañártelas. Cuanto más segura estás de que eres capaz de salir airosa, más confianza tienes en ti misma —dijo resumiendo la cuestión central de la lección.

—Excelente, Susan —felicité a mi hija menor.

—Como veis, estamos mejorando mucho. Casi se podría decir que ahora hay un hilo que conecta nuestras vidas —bromeó Jennifer, y la abuela le arrojó en broma un cojín.

—A lo que iba —siguió la abuela—: la Asociación del Quilt de Clareville celebra una exposición de labores este fin de semana y he comprado entradas para que asistamos todas juntas. Después de esa demostración de ingenio, está claro que necesitáis ventilar un poco vuestra sesera. La señorita Stanton vendrá a las dos con una silla de ruedas para que podamos recorrer tranquilamente toda la exposición. Y entretanto, chicas, ¡a comer!

La silla de ruedas me pareció una idea excelente. No tenía sentido forzar el pobre cuerpo de la abuela más de lo necesario. Además, últimamente se la veía bastante más débil. Su entusiasmo por las nietas y los quilts seguía tan vigoroso como siempre pero sus movimientos parecían más lentos, requerían una concentración y un esfuerzo deliberados. Sé muy bien que no se quejaría aunque sufriera dolores. Siempre niega los achaques propios de su edad. No obstante, yo había advertido en su bastidor para acolchar que su trabajo avanzaba ahora a paso de tortuga.

Quizá también ella se había cansado finalmente del proyecto. Después de confeccionar tantos quilts, ¿cómo podía seguir interesándole esa labor y encontrarle sentido? Vaya pregunta más tonta. La abuela siempre encontraría sentido a su trabajo porque era ella quien le daba sentido. Tal vez no era más que cansancio y yo me estaba preocupando más de la cuenta. La salida para ver la exposición de quilts nos sentaría bien a todas.

Mientras comíamos relaté a Jennifer y a Susan la impresión que me causaron unas reuniones a las que asistí años atrás en la Asociación del Quilt con la abuela y sus amigas. Aunque yo no era miembro del colectivo, era divertido asistir de vez en cuando a uno de estos actos para observar cómo esas mujeres llevaban a cabo sus proyectos. Era todo un estudio de psicología humana: las pautas de comportamiento eran muy diversas, algunas producían resultados satisfactorios, otras generaban dolores de cabeza.

Ciertas mujeres acudían año tras año a todos los talleres que se organizaban, cambiaban de continuo el diseño de su quilt y escogían un patrón nuevo, pero nunca llegaban a coser todos los bloques juntos, nunca acababan nada. Otras mujeres terminaban la capa superior de los quilts, pero la labor del acolchado y el forro les daba pereza, y los quilts se quedaban a medio hacer. Cuando después de horas de trabajo conseguían una capa superior perfecta, la doblaban y la guardaban en un cajón, sin acolchar, entusiasmadas con la idea de empezar otro quilt.

Me entristecía ver a aquellas mujeres que se afanaban tanto y luego se negaban la satisfacción de ver terminada su obra antes de emprender otra. Durante las veladas en que se exhibían las labores, aquellas mujeres permanecían sentadas, contemplando con aire nostálgico y envidioso los bonitos quilts ya acabados, y se prometían a sí mismas, por enésima vez, que de ahora en adelante terminarían sus trabajos.

Otras mujeres, después de haber estudiado con todo detalle un nuevo patrón en el taller de costura, regresaban corriendo a casa para realizarlo lo más deprisa posible, deseosas de ser la primera en aparecer con un quilt acabado. Pero a veces las esquinas estaban desiguales, las puntadas no casaban, y eran grandes e irregulares o el quilt tenía cualquier otro defecto que traicionaba la precipitación con que se había confeccionado. Sin embargo, las demás señoras aplaudían el esfuerzo de la costurera y alababan su rapidez (qué otra cosa se podía alabar), aunque en el fondo desaprobaban la deficiente hechura de la labor. A veces, un miembro más experimentado daba, solícita, consejos prácticos, pero éstos casi siempre caían en oídos sordos.

Otras mujeres se esforzaban tanto que convertían el más simple de los patrones en un terrible campo de batalla, del que salían frustradas y derrotadas. Algunas de ellas se rendían diciendo: «Soy incapaz de hacer nada», pero otras continuaban luchando hasta el final sin conseguir adquirir la destreza necesaria. Todas justificaban sus inútiles afanes sosteniendo que «la vida es una lucha».

Por otro lado, les quitaban mérito a las costureras expertas diciendo que habían aprendido el oficio siendo muy jóvenes, o que no tenían hijos, o marido, o una profesión que les ocupara todo el tiempo, o que habían nacido con talento o que simplemente tenían suerte.

Me asombraba la cantidad de razones con que minimizaban el éxito de estas expertas, que de hecho eran mujeres que no dejaban de aprender las técnicas de su oficio, se marcaban cada vez metas más altas y, al comprender la grandeza de su arte, aceptaban también su monotonía. Una vez terminada una labor, permanecían sosegadamente en el centro de la atención, saboreando su triunfo antes de volverse para guiar y enseñar a las mujeres más jóvenes.

Jennifer y Susan desconocían la impresión que les iba a causar el amplio centro social de Clareville lleno de quilts. Se quedaron asombradas con lo que allí descubrieron. Desde colchas enormes para camas imperiales hasta pequeños tapices para colgar de la pared. Todos los quilts se exponían completamente desplegados, o bien colgados de una pared o suspendidos verticalmente de grandes marcos, sala tras sala, como cuadros gigantes en una galería. Igual que en un inmenso museo de arte, los estilos variaban desde lo tradicional a lo ultramoderno. Los diseños iban de lo alegre a lo melancólico, de lo elegante a lo extravagante. Un caleidoscopio de emociones. Colores, tonos y matices más variados que los del arcoiris. Una exuberancia de vida.

La abuela, muy animada, guió a las chicas por la exposición, les indicó detalles del diseño y les comentó el nivel técnico de los trabajos. En una sección especial, encontramos las labores que se habían presentado al «Certamen de quilts». La abuela explicó que a cada participante se le había proporcionado una combinación idéntica de cuatro telas diferentes. El desafío consistía en que todos los quilts habían de medir lo mismo. Las costureras podían elegir el diseño, y añadir hasta dos tejidos más. Los veinte quilts resultantes, aunque contenían los mismos ingredientes, eran totalmente únicos y diferentes, según la creatividad de cada participante.

—¡Es fascinante, abuela! —exclamó Jennifer, atónita—. Son todos iguales y sin embargo distintos. Cada uno de ellos es una combinación original de elementos idénticos y todos ellos son preciosos. Y es maravilloso que sea así. Como lo que nos dijiste hace tiempo de la gente. ¡Hay que valorar y aplaudir la diferencia!

Igual que le sucedió a Susan cuando añadió el llamativo color amarillo a su quilt, Jennifer estaba asimilando con sorpresa una lección que hasta entonces no había sido más que un concepto que sonaba bien, aunque sin aplicación real. En la vida, las lecciones más memorables son las que nos llegan como metáforas convincentes, acompañadas de poderosas imágenes. Jennifer acababa de descubrir una metáfora que siempre le recordaría que las diferencias entre las personas eran complementarias y valiosas. Yo esperaba que adquiriera la tolerancia y la comprensión suficientes para alcanzar la sabiduría.

Continuamos el recorrido y advertimos que varias representantes de la asociación atendían amablemente a los visitantes, y que todas ellas llevaban guantes blancos para manejar los quilts con el cuidado y respeto adecuados.

Estas guías se prestaron amablemente a charlar de quilts con Jennifer y Susan. Compartieron experiencias: muchas de ellas se habían topado con las mismas dificultades que mis hijas. Hobbes no era el único gato que había desmantelado horas y horas de trabajo. Algunas de estas mujeres afirmaban disfrutar con la labor del acolchado, pero al oír a Jennifer y a Susan se mostraron comprensivas y reconocieron que a veces esta labor suponía un tedio agotador. No obstante, todas comentaron que la satisfacción perdurable que sentían al finalizar el quilt compensaba todas las molestias.

¿Hacía falta que mis hijas escucharan este mensaje? Podéis apostar que sí.

Varias veces, una de estas guías dio cuidadosamente la vuelta a un quilt para enseñarnos que la parte posterior tenía un diseño diferente y muy trabajado. Mientras examinábamos una de estas labores, particularmente asombrosa, Jennifer dijo perpleja:

—¿Por qué alguien se tomaría la molestia de adornar el revés del quilt si nadie va a verlo nunca?

—¿Tal vez para hacerlo reversible? —sugirió Susan.

—¿No será por el orgullo de la obra bien hecha? —sugerí yo.

—Para ganar ventaja —comentó tranquilamente la abuela. Las chicas la miraron con curiosidad, así que ella se explicó más detalladamente—: ¿Recordáis cuando hablamos del trabajo de calidad? En la vida se puede ir tirando limitándose a cumplir las normas mínimas de rendimiento. Pero el trabajo de calidad siempre supera las expectativas del cliente, aunque sólo suponga sacarle una sonrisa. A eso se le llama «valor añadido» y es lo que proporciona a uno, o a una empresa, una ventaja en la competición.

»¿Os parece un quilt logrado? ¿Es el trabajo de una costurera experta? —preguntó la abuela.

—Desde luego que sí —respondió Susan, encantada de lucir su perspicacia recién adquirida—. Mirad las puntadas perfectas, uniformes, y el diseño tan detallado y complicado.

—Y ¿qué me decís de la parte superior? ¿Es por sí sola un modelo de trabajo de calidad? —insistió la abuela.

—Por supuesto —asintieron las dos.

—La costurera no tenía por qué añadirle nada más, ¿no es así? Pero prefirió hacerlo. Prefirió hacer más de lo que se esperaba de ella, en honor de sus clientes, del usuario o del simple espectador. Eso le ha conferido una ventaja adicional, una ventaja que le dará el éxito. Recordadlo. Entre todos esos quilts tan conseguidos y preciosos, éste es verdaderamente sobresaliente.

»Nuestro hilo dorado número nueve es: "Persevera en los momentos difíciles." Y aquí tenemos un ejemplo de lo que se puede conseguir si se hace así —concluyó.

Al enterarnos de que la mujer que había confeccionado aquel quilt se encontraba presente, Jennifer y Susan se mostraron muy deseosas de conocerla. La felicitaron efusiva y sinceramente, y ella les sonrió dulcemente y les dio las gracias con amabilidad.

La cuestión candente era, ¿cuánto tiempo le había llevado acabar aquella obra maestra? ¿Cuánto tiempo le había dedicado?

—La gente siempre quiere saber cuánto se tarda en hacer un quilt. Todos los principiantes quieren saber lo que les espera. La respuesta es que eso varía. Como la vida. A algunas personas les resulta rápido y fácil, para otras es un proceso muy lento. Depende de qué otras ocupaciones tengas, de lo concentrada que estés. Yo tengo un empleo de jornada completa y tres hijos adolescentes. Tardé nueve años en hacer este quilt —sonrió, ya que esperaba la reacción de las chicas.

—¡Nueve años! —dijo Jennifer con un silbido.
—¡Nueve años! —exclamó Susan.

Después de dejar a la abuela en su apartamento, durante todo el trayecto de vuelta, Jennifer y Susan continuaron expresando su gran asombro.

Se sentían inspiradas por la habilidad artística y la creatividad de las mujeres que habían conocido.

También se sentían estimuladas y en cierto sentido intimidadas por los quilts espectaculares que habían visto expuestos. ¿Quién había hablado de cambiar de perspectiva? Era obvio que la exposición de quilts había sido justo lo que ellas necesitaban.

La lección de hoy se había visto reforzada por una fuerte experiencia emocional. El noveno hilo dorado de la abuela, perseverar en los momentos difíciles, era una lección que no olvidarían fácilmente.

Por lo visto, lo que a las chicas les hacía falta

era «salir y tratar con otra gente», sobre todo con aquel grupo de mujeres tan hábiles y esforzadas que les habían infundido aliento a través de su trabajo y su ejemplo.

La abuela sí que sabía.

Hilo dorado n.º 9
Persevera en los momentos difíciles

JULIO

LOS CERDOS NO VUELAN

Los quilts de Jennifer y Susan avanzaban a ritmo lento pero constante. De tanto en tanto oía que una de ellas gritaba: «¡Tengo poltronitis!» y a continuación se largaba, al cine o a jugar al tenis. Al cabo de un rato, después de haber interrumpido la rutina, regresaba junto a su quilt.

La abuela no se encontraba muy bien últimamente y llamó un par de veces para posponer nuestra visita mensual. Nada de qué preocuparse, dijo. Simplemente se sentía «pachucha y sin ánimo para recibir visitas».

Pero seamos realistas, tiene ochenta y cinco años, y nos preocupamos.

Tal y como iban las cosas, ese aplazamiento era probablemente lo más conveniente. Las chicas, con sus actividades estivales, estaban aún más atareadas que antes.

El trabajo de Susan este verano es enseñar juegos y habilidades a los niños. Y, ¿sabéis?, para la segunda semana, una de las cosas que les propuso hacer fue un quilt para colgar de la pared de la clase. Los niños y ella utilizaron grandes retales de colores llamativos rescatados de las canastas de costura de sus madres, que cosieron con hilo grueso y fácil de manejar.

Así es mi Susan: aún no había finalizado su período de aprendizaje con la abuela y ya había empezado a transmitir sus conocimientos a sus alumnos. Un recordatorio involuntario de que, en realidad, no hace falta graduarse para disponer de algo que enseñar.

Naturalmente, Susan charlaba con los niños mientras confeccionaban el quilt y eso le dio la idea de escribir una serie de entretenidos cuentos infantiles para enseñarles los hilos dorados de la abuela de una manera simple y sugerente. Hemos pasado ratos sumamente divertidos durante la hora de la cena, dando vueltas a distintas ideas. La primera historia que ha escrito se llama «Los cerdos no vuelan» y trata de una niña que vivía en una granja y del cerdito que tenía como mascota. A nosotras nos parece genial. Ahora, lo único que le hace falta es encontrar un ilustrador y, por supuesto, un editor.

En cuanto a Jennifer, por el momento está contenta con su empleo en el departamento de Atención al Cliente de su banco. El otro día, cuando volvió a casa, nos dijo que se le había planteado un nuevo desafío en su trabajo: preparar una explicación de veinte minutos para su curso de formación de gestores. Ha pasado ya mucho tiempo desde sus disertaciones en el instituto, así que acudió a Susan y a mí, «su equipo», en busca de ayuda, y juntas tuvimos algunas ideas muy inspiradas.

—Naturalmente, la esencia de cualquier explicación es la comunicación, así que, antes de nada, analicemos los puntos básicos de la comunicación —sugerí.

—¿Quieres que hablemos de cómo hay que hablar? —sonrió Jennifer—. ¡Pensaba que ya lo hacíamos bastante bien!

—Bueno, comunicarse bien no es tan fácil. Pero lo más importante es que, incluso en una comunicación unidireccional, en la que el orador expone algo al oyente, hay que entender a la audiencia para saber cómo hablarle. Una explicación nunca es verdaderamente unidireccional, puesto que el orador es responsable de las reacciones que provoca en quienes lo escuchan.

»Por consiguiente, Jennifer, el primer requisito para una buena comunicación sería entender a tu audiencia. En alguna ocasión he oído la siguiente frase: "Primero procura entender, luego procura que te entiendan." Nadie escucha si antes no le han "escuchado" a él. Tu primer propósito debería ser descubrir quién es tu audiencia. ¿Qué objetivos e intereses tiene? ¿Qué necesita oír de ti?

—Como el servicio de atención al cliente —reflexionó Jennifer.

—Exactamente —continué yo—. El segundo requisito para una buena comunicación son las técnicas de presentación, que mejoran la eficacia de tu comunicación. Susan, seguramente podrías ayudar a Jennifer explicándole lo que aprendiste en tus clases de hablar en público.

—Creo que sí —dijo Susan—. En primer lugar, Jennifer, tienes que decidir qué persigues con tu charla. ¿Qué resultado quieres obtener? Por ejemplo, ¿quieres persuadir, motivar a tus oyentes o simplemente informarles? Si tienes clara la finalidad de tu disertación, serás más concreta y te resultará más fácil decidir qué argumentos has de aportar y cuáles has de evitar.

—De acuerdo. Eso me parece bien —comentó Jennifer, que tomaba notas mientras continuábamos intercambiando opiniones.

—Segundo —prosiguió Susan—. Debes saber con exactitud de qué estás hablando. Estudia tu tema o investiga un poco, no hagas conjeturas ni intentes salir del paso con evasivas. Lo que se requiere es claridad y sinceridad. Me he dado cuenta de lo importante que es eso para enseñar a los niños. Los niños son especialistas en detectar cualquier señal inconsciente de que no eres franco con ellos. Los niños pueden ser una audiencia implacable. Supongo que es por eso, al menos en mi caso, por lo que la enseñanza resulta un reto tan grande.

—Tal vez debiera dar mi conferencia primero a los niños de tu clase, para practicar —bromeó Jennifer.

—Susan tiene razón —intervine—. El que conozcas tu tema y lo expongas sin rodeos te dará credibilidad, lo cual quiere decir que tu audiencia estará dispuesta a escucharte y a creerte.

—No se me ocurre nada más, mamá —dijo Susan encogiéndose de hombros.

—Está muy bien, son dos puntos importantes. Otra consideración importante, Jennifer, es que debes ser cortés con el oyente, o los oyentes. Una manera de mostrarte cortés es siendo concisa, haciendo que tu charla sea breve. Eso es una muestra de respeto hacia el tiempo de que disponen los demás, especialmente en el entorno organizado del mundo de los negocios.

»También son primordiales el orden y la lógica al exponer tus ideas. No obligues a la audiencia a hacer excesivos esfuerzos para entenderte.

»Asegúrate de que lo que dices queda claro. Si fuera necesario, ponlo por escrito y comprueba que todo el mundo lo ha comprendido bien. No des nunca por supuesto que los demás atribuyen los mismos significados a las palabras que tú empleas. La claridad es la clave del poder de la comunicación. Evita errores de interpretación y todo el derroche de tiempo y emociones que esto representa.

»Debes asimismo procurar desarrollar el tema al ritmo apropiado. No te apresures en llenar los silencios. La gente, en realidad, escucha mucho más lentamente de lo que tú hablas. Dales tiempo para asimilar lo que dices, de otro modo tu audiencia se distraerá o se irritará contigo. Intenta ser creativa e interesante. Recurre al humor, si puedes, para mantener la sintonía con la audiencia —concluí.

—Son muchas cosas para recordarlas todas de golpe —protestó Jennifer.

—Cierto, parece mucho, pero es esencial ser un comunicador hábil y claro para triunfar en cualquier profesión. La persona más lista del mundo puede ser un desastre si no es capaz de comunicar sus ideas a los demás de un verdadero modo inteligible.

»Por lo tanto, como con cualquier otra habilidad, hace falta práctica, práctica y más práctica para aprender a comunicarte con la gente. Cuanto más practiques, mejor lo harás.

—Practicando se consigue la perfección —dijo Jennifer recordando las palabras de la abuela.

—Muy bien.

—Puedes practicar con nosotras si quieres —ofreció Susan.

—Gracias, así lo haré.

—¿Han servido de algo estas ideas? —pregunté—. ¿Sí? Estupendo. Ojalá la semana que viene la abuela se encuentre mejor y, con toda certeza, ella también tendrá alguna cosa que decir respecto a la comunicación.

—Sabéis, estoy empezando a pensar que tú y la abuela estáis confabuladas con esto, mamá —dijo Jennifer con aire suspicaz tamborileando con los dedos encima de la mesa—. Lo sabré seguro si resulta que el hilo dorado número diez está relacionado con la *Comunicación* («Comunícate con eficacia»).

—Dime, mamá, ¿cuánto sabes en realidad? —inquirió Susan examinándome con cierto recelo irónico.

—¡Ah! —exclamé—. ¡Madame Zelda lo sabe todo, lo ve todo y no dice nada a menos que deposites unas monedas de plata en la palma de su mano! —Les tendí la mano, pero ellas menearon la cabeza negativamente.

—Creo que esperaremos a obtener esa información directamente de la fuente, de la abuela, en vez de la médium —replicó Jennifer entre risas.

Hilo dorado n.º 10
Comunícate con eficacia

AGOSTO

GRACIAS POR REMENDAR MI VIDA

Por si alguien pensaba lo contrario, no nos habíamos olvidado de Robbie en todo este tiempo. Él también tenía trabajo en verano e iba a estar ocupado en el Oeste toda la temporada y, por desgracia, no vendría por casa. No obstante, le escribíamos y telefoneábamos con frecuencia.

Después de la muerte de Jack, Robbie había pasado mucho tiempo conversando con la abuela. Desde entonces, mantenía una correspondencia regular con ella. Por lo tanto, Robbie estaba al corriente de las sesiones de costura. Quizá pensaba que estábamos chifladas, pero se lo guardaba para él. De hecho, apoyaba a sus hermanas con toda el alma.

Hoy llevábamos a la abuela un paquete que Robbie había enviado para todas nosotras a nombre de «Las cuatro mujeres de sabiduría ancestral, poseedoras del dedal sagrado y exitosas confeccionistas de quilts». Por suerte la caja era grande y había mucho espacio en la etiqueta.

Naturalmente, no la abrimos hasta estar con la abuela y, cuando finalmente lo hicimos, encontramos cuatro tazones de cerámica con inscripciones individuales, una para cada una de nosotras. La tarjeta adjunta decía: «Feliz no-cumpleaños a todas mis mujeres favoritas. Es una suerte que celebréis vuestro no-cumpleaños el mismo día. He encontrado esto en un taller de material artístico y no he resistido la tentación de enviároslo. Un beso, Rob.»

Cada uno de los tazones llevaba impreso un colorido quilt, algo muy apropiado para el momento, junto con un epígrafe.

Jennifer fue la primera en leer el suyo: «¡Primero el quilt, después las tareas domésticas!»

—Habrá visto fotos recientes de tu habitación —comenté en broma. Todos sabemos que no es la persona más pulcra del mundo. Además, le gusta considerarse una mujer moderna y feminista y, por supuesto, las verdaderas feministas odian sin excepción las tareas caseras. Le repito continuamente que eso no es exclusivo de las feministas: todo el mundo odia las tareas domésticas.

Susan leyó lo que ponía en su tazón: «¡La que amontona más retales gana!» Robbie la había retratado a la perfección. Es una auténtica ratita acumulando todo tipo de cosas, peor aún, es una ratita sentimental. Lo guarda todo.

Es bien sabido que las costureras son ratitas de almacén, y las que confeccionan quilts son las peores. No obstante, a la abuela le gusta recordarnos que hay una diferencia: las modistas dejan retales, mientras que las confeccionistas de quilts los aprovechan. Con los retales desechados puede hacerse un quilt que sea una obra de arte, poniéndole creatividad y reflejando en él los gustos personales, cosa que le dará un valor intrínseco del que carecen los simples retales.

Volvamos a los tazones. Está muy bien que los hombres que mejor nos conocen además nos quieran. De otro modo, ¡vete a saber lo que diría mi taza!

Me reí al leerlo: «¡Las que hacen quilts no cosen botones!» Ésta es una broma familiar que tendría que aclarar. Cuando Robbie estuvo en casa por Navidades, aunque me lanzó varias indirectas no demasiado sutiles, no consiguió que le cosiera los botones que faltaban a dos de sus camisas. Entonces le tomé el pelo diciéndole: «Búscate una novia en el Oeste, ¿o acaso tus mujeres modernas no arreglan botones?» Ahora era él quien se reía el último.

La verdad es que Robbie había aprendido a coserse los botones, pero simplemente no quería hacerlo. ¿No están las madres para eso? En vez de enviar al ejército a los jovencitos díscolos para enderezarlos, creo que habría que darles un empleo de madres durante un año. Es más duro que el entrenamiento en un campamento de reclutas. Lo digo en broma, naturalmente.

La taza de la abuela llevaba un corazón dibujado con retales y su inscripción decía: «Gracias, abuela, por remendar mi vida.»

La abuela se enterneció con aquella muestra de afecto.

—Es un buen muchacho —suspiró.

Era evidente que ni las cartas frecuentes podían sustituir una visita de verdad, y que la abuela le echaba mucho de menos.

—Abuela —dijo Susan dándole un abrazo—. Eso que lleva escrito tu tazón podríamos decirlo cualquiera de nosotras.

—Eres tan sabia, abuela. Nos has ayudado a todas —añadió Jennifer—. ¿Cómo has conseguido llegar a ser tan sabia?

—¡Sencillamente me he hecho vieja! Es curioso, ¿sabéis?, porque hace cuarenta años, cuando tenía la edad de vuestra madre, yo decía las mismas cosas y nadie me prestaba atención —explicó con ojos risueños—. Ahora que soy vieja todo el mundo me escucha. Tal vez, lo que sucede es que la gente cree que voy a decir algo admirable antes de morirme. ¡Imagínate! —se encogió de hombros.

—Gracias, abuela, a lo mejor aún hay esperanzas para mí —comenté yo riéndome.

—Puesto que hemos recibido este comunicado de Robbie, hablemos hoy de la comunicación. Porque también la comunicación es un hilo dorado, el número diez.

—¡Ajá! ¡Lo sabía! —exclamó Jennifer en tono triunfal.

—Sí, Jen, ya me he enterado por tu madre que tuviste que dar una charla en el trabajo y que esto os brindó a las tres la oportunidad de examinar la comunicación desde un punto de vista técnico. ¿Habéis hablado del mensaje? —preguntó la abuela.

Las chicas menearon la cabeza negativamente.

—Pensé que era mejor dejarte esa parte a ti, abuela —dije.

—Así que de nuevo nos encontramos ante el «cómo» del éxito pero no el «qué» —comentó—. Bien, lo que comunicáis es mucho más importante que la forma de comunicarlo. La mayoría de la gente cree que para comunicarse bien basta con tener mucha personalidad, con deslumbrar sin que importe lo que se transmita. Cuando se dice que un orador es «convincente», se implica que domina el arte de embaucar a los demás. Pero para que una comunicación sea fructífera, el mensaje en sí es lo más importante y es lo que requiere una reflexión minuciosa. A través de él se conecta de verdad con la gente.

»De cualquier modo, antes de transmitirlo, tenéis que entablar con el interlocutor un diálogo gratificante, es decir, gratificante para él, demostrándole que sabéis escuchar, que lo hacéis con interés y que estáis dispuestas a abriros a los demás.

»Lo primero, la atención empática, significa concentrarse en la otra persona, sin formarse juicios, para asimilar tanto el contenido de lo que dice como sus sentimientos del momento. Puede resultar difícil ya que, por naturaleza, tendemos a filtrar lo que oímos a través de nuestra propia realidad y a reinterpretar lo que dicen los demás. Sin embargo, si no entiendes del todo a la otra persona ni te involucras en sus auténticas emociones, no te comunicas de verdad.

—Como nos dijo mamá: primero procura entender y luego procura que te entiendan —apuntó Susan espontáneamente.

—Exacto. Seguidamente debéis comunicar vuestro interés. Una de las formas de conseguirlo es haciendo preguntas. Las preguntas demuestran que os preocupáis por el interlocutor, que queréis saber de él y que, por lo tanto, lo valoráis. Las preguntas incitan a la gente a revelar información o sentimientos que de otro modo habría callado por timidez, o habría considerado poco importantes. Y, por supuesto, debéis escuchar sus respuestas, escuchar atentamente.

—¿Eso no es ser un entrometido? —preguntó Jennifer.

—Hay personas que creen que hacer preguntas es una postura agresiva o una manipulación. Yo opino que no lo es siempre que tu interés sea sincero y, lo que es aún más probable, siempre que estés dispuesta a ser generosa y abrir el corazón dando a tu vez respuestas sinceras. Compartir experiencias con alguien tiene una fuerza especial. No la que da el tener control, sino la que emana del hecho de conectar con otro ser humano. Una verdadera «comunión».

Entonces metí baza yo.

—Lo que es indudable es que el interés por los demás no se puede fingir para dar el pego. Si tu interés no es sincero, no es real. La gente se da cuenta. En una ocasión trabajé con una mujer que constantemente estaba haciendo preguntas, sondeando a los demás, como si estudiara un bicho debajo del microscopio. Era evidente que no se preocupaba por ti ni intentaba comprenderte. Simplemente quería utilizar la información.

»La piedra de toque de tu interés por el prójimo es tu disposición a abrirte a él para compartir algo de tu propia experiencia. La gente "compra" ideas, o productos si preferís, a las personas con las que siente cierta afinidad. Las afinidades surgen sólo cuando existe una preocupación mutua o una comunicación sincera.

—Por lo tanto, hacer preguntas no es una manipulación, siempre que el que interroga lleve realmente buenas intenciones —resumió Jennifer—. De acuerdo, pero ¿qué sucede si te confías a alguien que utiliza la información contra ti? Vaya, eso lo veo a todas horas en la oficina. Ya sabéis, lo de siempre: la sonrisa en la cara y la puñalada por la espalda.

—Si has dado información acerca de ti misma voluntaria y abiertamente, ¿cómo puede eso perjudicarte? Generalmente la gente tiene miedo a que salgan a la luz sus secretos. Pero si hablas espontáneamente de ti misma nadie puede desenmascararte. Yo lo veo así, la única manera de no ser vulnerable es ser vulnerable. En otras palabras, ser franco —respondió la abuela.

—El roble y el sauce —dijo Jennifer.

—Muy bien —corroboró la abuela.

—¿Y eso qué es? —Susan frunció el ceño.

Jennifer se explicó:

—Ya conocéis la historia. Aunque el roble es robusto y firme, un fuerte vendaval lo puede quebrar. Por otro lado, el sauce es endeble y frágil pero se dobla ante el viento y, por lo tanto, sobrevive gracias a su flexibilidad. De hecho es la vulnerabilidad lo que le hace invulnerable. De modo que, aunque ser franco es una vulnerabilidad, si es lo que yo he elegido constituye una defensa impenetrable.

—Ya lo entiendo —aprobó Susan con gesto de asentimiento.

—Volviendo a lo nuestro, Jennifer —prosiguió la abuela—. Hazte la siguiente pregunta: ¿quieres jugar a las guerras internas en tu oficina igual que hacen otros?

—No, pero si yo no... —la voz de Jennifer se apagó.

—Bien, pues entonces, ¿qué es lo peor que podría sucederte? ¿Que te despidan? ¿Es eso peor que perderte a ti misma? ¿Que perder tu dignidad? Siempre puedes buscar otro trabajo, pero ¿dónde encontrarás a la persona que eras?

»De lo que en realidad estamos hablando es de *Integridad,* que es el mensaje al que vamos a parar. Vivir con integridad es saber cuáles son tus principios más importantes y aplicarlos consecuentemente a lo largo de tu existencia; puede llegar a ser lo más difícil que hagas en tu vida, y por eso lo he puesto en el decimoprimer lugar de los hilos dorados y no en el primero. Meses atrás, podría haberos dicho que la integridad era el primer hilo dorado para lograr el éxito. Pero antes debíais hacer el trabajo necesario para desarrollar vuestro carácter.

»Empezamos poco a poco por un motivo. ¿Recordáis esos quilts de muestra que son un compendio de modelos y en los que cada bloque lleva un diseño diferente? Con cada bloque la aprendiz de confeccionista de quilts asimila una lección diferente, cada vez más difícil. Cuando los ha copiado todos, la alumna domina todas las técnicas de confección de quilts, y a partir de entonces puede escoger el estilo que más le apetezca. Del mismo modo, nosotras hemos trabajado en cada bloque o característica de vuestro carácter por separado. Sólo ahora estáis preparadas para coserlos unos a otros.

»Habéis desarrollado vuestra identidad como personas al responder a esas preguntas básicas relativas a vosotras mismas ¿Quién queréis ser en la vida? ¿Qué cualidades admiráis en otros y aspiráis a tener? Cualidades como honradez, autodisciplina, confianza. ¿Qué principios pretendéis seguir en vuestra vida? Honestidad, igualdad, respeto, por poner algunos ejemplos.

»¿Recordáis que os dije que cada hilo dorado creaba un rasgo del carácter? *Adquirir y mantener compromisos* os llevaba a merecer la *confianza* ajena. *Haceros un plan* os daba *autodisciplina*. El *trabajo de calidad* os aportaba *autoestima*. La *responsabilidad* os permitía escoger entre varias opciones y por consiguiente adquirir *independencia*. Con objeto de *aprender* teníais que manteneros *flexibles* y tener *valor*.

»La *cooperación* os enseñó a *trabajar con otras personas* y a *jugar en equipo*. La *contribución* equilibraba vuestros impulsos egoístas mediante la *abnegación*. Y saber que erais capaces de *perseverar* en los momentos duros os ha dado *confianza* en vosotras mismas.

»Después, al ejercitar esas virtudes en la vida diaria, habéis comprobado que vuestras decisiones daban buenos resultados. La vida es un campo de pruebas de los propios principios morales. Una vez que sabes qué tipo de persona quieres ser, tomas la decisión consciente de vivir con integridad. La integridad personal es esa cualidad dominante del carácter que hace que te atengas a tus principios y los apliques en tu vida.

»La decisión parece fácil en sí misma. Nos gusta pensar que toda persona buena quiere vivir con integridad. Pero puede ser más duro de lo que uno piensa, ya que en ciertas situaciones o con determinadas personas resulta arduo mantenerse íntegro. No es fácil. A veces te ves forzado a tomar decisiones duras, penosas, y en ocasiones tienes la impresión de que el tipo malo sale ganando y el bueno se lleva la peor parte. Algunas personas intentarán perjudicarte por el hecho de actuar con rectitud. Consciente o inconscientemente, tal vez envidien tu integridad o se sientan culpables por no haber elegido seguir el mismo camino.

»El mundo de los negocios es un ambiente donde puede verse desafiada tu integridad. Por desgracia, eso también sucede en las relaciones personales. Un amigo o un amante quizá trate de persuadirte para que actúes en contra de tus principios. Es posible que te sientas impulsada a comprender tus valores con objeto de preservar la armonía de una relación, o de conservar tu trabajo. Pero recordad: siempre es factible encontrar otro empleo, otro amigo u otro amante, pero ¿cómo encontrarte con tu antiguo yo?

»A veces las pérdidas externas son el precio que hay que pagar a corto plazo por tener integridad, pero ¿acaso hay otra alternativa? —continuó la abuela—. "Pues, ¿de qué le servirá al hombre ganar el mundo entero, si arruina su vida? O ¿qué puede dar el hombre a cambio de su vida?" (Mateo, 16:26.)

Jennifer, después de reflexionar sobre este nuevo razonamiento, expuso su opinión:

—Ahora entiendo lo que decíais de alto precio que a veces hay que pagar por el triunfo. Si has elegido tener integridad, probablemente saldrás perjudicado en el politiqueo que suele existir en el mundo laboral. Pero si la integridad ofrece en sí misma una recompensa más alta, la de sentirse en paz con uno mismo, entonces merece la pena. ¿No es ésta la cuestión, abuela? Sea cual fuere tu definición del éxito, si en última instancia no te proporciona paz mental, no es éxito.

La abuela cabeceó expresando su aprobación.

—Por eso, la décima hebra dorada, «comunícate con eficacia», nos lleva directamente a la siguiente «vive con integridad». El mensaje más importante que puedes comunicar a los demás son tus principios y tu integridad.

»A lo largo de este año pasado, hemos utilizado el quilt como metáfora de la vida. Me gustaría comparar la decimoprimera hebra dorada, la integridad, con las puntadas finales del acolchado, tan importantes, que mantienen todo el quilt unido y lo convierten en un objeto único. Mirad, un quilt es un quilt, no es una manta mullida o una sábana con relleno. No importa la "personalidad" que exhiba el diseño de la capa superior, no importa lo lograda o inteligente que sea la disposición de los bloques, son las sutiles puntadas del acolchado lo que definen su esencia, su calidad de quilt.

»Habréis comprobado que a veces los puntos del acolchado quedan casi invisibles, entre las telas estampadas. Pero si sostienes el quilt a la luz y lo examinas bien, descubres que las profundas puntadas del acolchado conforman un diseño que confiere integridad al conjunto. La atención y el cuidado con que se realiza el acolchado es lo que da valor al quilt.

»De igual modo, en tu vida debes saber quién eres y comunicarlo a través de tus palabras y acciones. Haz de la integridad tu ideal más sagrado, para que al examinar tu vida no te parezca mediocre.

Durante el trayecto de regreso a casa en el coche, no dijimos palabra sobre los últimos hilos dorados de la abuela. Jennifer y Susan parecían ensimismadas en sus pensamientos.

Pero al acercarnos a casa, fue Jennifer quien se decidió finalmente a hablar.

—Los hilos dorados diez y once. Comunicación. Integridad. ¡Uau!, éstas son cosas serias, mamá. ¡Empieza a dolerme la cabeza!

Preferí no hacer comentarios.

—Pero todo es tan importante, Jen —dijo Susan con voz queda.

—Ya sé que lo es, pero aún nos falta un hilo dorado. Me imagino que nos espera un hueso duro de roer. ¡Apuesto a que la abuela se reserva un verdadero bombazo para el final!

—Me alegro de que penséis en serio en todo esto, niñas —declaré—. Lo que la abuela ha dicho este mes quizá sea el mensaje más importante de todos. Tenéis que vivir con integridad o perder la parte mejor y más importante de vuestro ser. Y, según dice la abuela, ¿cómo encontraros de nuevo con vosotras mismas?

Hilo dorado n.º 11
Vive con integridad

SEPTIEMBRE

RECUERDOS BURBUJEANTES

Hoy el viaje a Clareville ha sido muy silencioso. Todas estábamos ensimismadas en nuestros propios pensamientos. La abuela ha estado muy enferma y los médicos nos han dicho que quizá no permanezca con nosotros mucho más tiempo. Parece algo repentino pero, a sus ochenta y cinco años, no es nada sorprendente. Tal vez deberíamos haberlo previsto. ¿Hubiéramos hecho las cosas de otro modo? Las chicas están alteradas. Tan jóvenes y de nuevo les recuerdan que la vida no se prolonga eternamente, que los seres más queridos no son inmortales y no van a estar junto a nosotros cuando necesitemos su sabiduría y consuelo.

Susan iba abrazada a la bolsa que contenía su quilt, de la misma manera que cuando era criatura y se sentía triste, acariciando inconscientemente el blando material.

—Ojalá viviéramos más cerca de la abuela. Podríamos haberla visitado más a menudo. Deberíamos haber... —se lamentó Jennifer.

Ojalá, podríamos, deberíamos... Ah, Jen, ¿lo hubiéramos hecho? ¡Quién pudiera vivir sin tener que arrepentirse!

Le apreté la mano.

—Tranquila, corazón. La abuela sabe que todos la queremos. El amor no consiste sólo en estar al lado de alguien todo el rato. El amor permanece, aun cuando no puedas estar con los seres queridos, incluso cuando ni siquiera pienses en ellos. La abuela se enorgullece tanto de vosotros, sus nietos... Le produce un verdadero placer ver que sus pequeños polluelos abandonan el nido. Entretanto, intentemos que se lo pase lo mejor posible, ¿de acuerdo? El mayor regalo de amor que podéis entregarle ahora es que no os vea tristes, ¿de acuerdo?

Dos jóvenes calladas y pesarosas me contemplaron, luego hubo un rápido intercambio de miradas; dos gestos de asentimiento poco convencidos, pero decididos. Y sonaron tres suspiros profundos. Sí, podemos hacer esto. Vamos.

Jennifer abrió la marcha. Siempre podemos contar con su arrojo, con que se mostrará habladora y graciosa y disimulará su tristeza con una sonrisa.

—Hola, abuela —saludó alegremente—. Mira qué te hemos traído. ¡Apuesto a que pensabas que nunca íbamos a acabar! A veces ni siquiera yo pensaba que lo íbamos a conseguir —bromeó mientras sacaba su quilt de la bolsa—. *Voilà!* —y extendió el quilt con cuidado sobre la cama.

—¡Hoy lo celebramos! —Di un abrazo a la abuela—. La prueba está superada.

—188—

—El mío también está terminado, abuela —dijo Susan más quedamente, y se dejó abrazar. Desdobló su quilt sobre una silla al lado de la cama para que la abuela pudiera verlo.

—Es de veras maravilloso —exclamó suavemente la abuela mientras examinaba las labores acabadas—. Me siento muy orgullosa de las dos. Es vuestro primer trabajo y habéis conseguido hacer un precioso quilt de calidad superior.

—Y todo te lo debemos a ti, abuela —dijo Jennifer.

—Todo —recalqué mientras me inclinaba para darle un beso—, y ha merecido la pena.

—Pero no tan deprisa —nos interrumpió la abuela amenazándonos con el dedo—. Aún os falta una tarea. Recordad, tenéis que fechar y firmar vuestros quilts. Mirad, os he hecho unas etiquetas de identificación y aquí está el rotulador indeleble. Tenéis que escribir las etiquetas y coserlas con esmero a la parte posterior de vuestros quilts. Entonces sí que habréis acabado. —Su frágil mano temblaba al tendernos los rotuladores.

Las chicas se apresuraron a obedecer. Mientras daban unas ágiles puntadas invisibles a sus etiquetas, yo me maravillé de lo fácil e imperturbablemente que trabajan ahora. Su nueva destreza aportaba madurez y seguridad a su trabajo.

La abuela y yo intercambiamos sonrisas. Ella asintió con la cabeza y continuó:

—Ésta es la última parte y la más importante de todas. Firmar el quilt es una tradición. En otras palabras, hay que atribuirse el mérito del trabajo. Haced siempre un trabajo del que os sintáis orgullosas y que os alegréis de firmar. Es una disciplina excelente en sí misma. Saber que vais a poner vuestro nombre en vuestra labor es una buena manera de aseguraros de que la haréis lo mejor posible. Siempre hay que exaltar y aplaudir el trabajo de calidad.

»Y, por consiguiente, el último y decimosegundo hilo dorado es: "¡Celebra la vida!" Celebra tus logros y siéntete orgullosa de ti misma. Eso te motivará para continuar haciendo cosas, las cosas indicadas. Sois mujeres únicas y de gran valía que tenéis mucho que dar. Poneos en pie y ocupad vuestro lugar en el ancho mundo ¡Haced caso a vuestra abuela, que ella sabe lo que dice!

»Aseguraos de que por último festejáis vuestro trabajo, y vuestra vida. La vida es corta y hay que disfrutarla con alegría.

»¡Ya tenéis por fin los doce hilos dorados! Así que, como dice el señor Spock, "¡larga y venturosa vida!" —exclamó con ojos risueños—. ¡Y celebradla!

—¡Así se dice, abuela! —la jaleó Jennifer.

—Vaya, cómo nos alegramos de oír eso, abuela —dijo Susan—. Pensábamos que el hilo número doce iba a ser terrible, pero, ¡está claro que nos va a ser fácil seguirlo! —se echó a reír y las dos hermanas se abrazaron llenas de alborozo a la abuela.

Después de doce meses, habían hilado los doce hilos dorados del éxito. Como una hechicera de una aldea, la abuela había transmitido los secretos de su vida, las jóvenes habían sido iniciadas. Había llegado el día de la graduación.

«¡Hay que retener los buenos momentos!», solía decir Jack. Así que eso era lo que íbamos a hacer hoy. Hablaríamos y narraríamos anécdotas del año que habíamos pasado. Nos reiríamos de las angustias y nos tomaríamos el pelo unas a otras, porque es la forma benévola de reírse junto con alguien más con cariño, mientras nos reímos de nosotras mismas con indulgencia. Aplaudiríamos los adelantos conseguidos, la madurez. Compartiríamos nuestros sentimientos sin reservas, porque estábamos entre mujeres que se preocupaban unas de otras, se escuchaban y se apoyaban.

Las mujeres saben hacer esto muy bien.

Habíamos traído copas y «champán» (una botella de gaseosa de jengibre), para brindar por la victoria que suponía haber terminado por fin los quilts.

Susan agitó la botella para que salpicara más al abrirse. Todas coreamos el taponazo y sorbimos la bebida espumosa a toda prisa para que nos hiciera cosquillas en la nariz y nos obligara a reírnos. Vaya tontería, diréis. Bueno, tal vez sí. Pero no importa.

Sacamos fotografías para poder recordar y compartir los recuerdos.

La abuela se cansó enseguida y por este motivo no pudimos quedarnos mucho rato. Pronto le haríamos otras visitas más largas, más tristes. Sabía que la abuela quería que este día especial fuera todo alegría para Jennifer y Susan, que fuera un recuerdo reconfortante para ellas. Así que empecé a recoger y despejar la habitación.

La abuela me miró.

—¿Puedes hacerme un favor, cielo, e ir a decirle a la señora Wells que me gustaría verla unos minutos después de que os vayáis? Gracias.

Era una maniobra bastante cándida para hacerme salir de la habitación, pero hice lo que me pedía. Supuse que tenía algún mensaje privado para las chicas que exigía que las dejara a solas.

De cualquier modo, me ausenté tan sólo unos minutos y, cuando regresé, la abuela tenía cogidas a las chicas de la mano mientras ellas contenían las lágrimas. Jennifer sostenía en la otra mano un pedazo de papel que dobló rápidamente y se metió en el bolsillo.

La abuela les dio unas palmaditas.

—Bueno, bueno —las tranquilizó—. Ya podéis iros. Tenéis un largo viaje por delante. Dad un fuerte abrazo a vuestra abuela antes de marcharos. Estoy tan orgullosa de vosotras dos. ¡Qué quilts tan bonitos! ¡Y qué jovencitas tan guapas y talentosas! Sé que os irá muy bien en la vida.

—Te queremos, abuela —dijeron ellas mientras la abrazaban una vez más.

—Aún queda una foto —dije yo levantando la cámara—. Jen, Suz, poneos junto a la abuela, y a los edredones —les indiqué, y el flash estalló para fijar para siempre ese momento.

La calurosa comunión del día había dejado, como en cada visita, una sensación de sosiego en el ánimo de Jennifer y Susan, un sentimiento de unión con la abuela. No obstante, mientras nos dirigíamos a casa bajo el brillante sol del final del verano, las inundó una tristeza que no fueron capaces de disimular.

—¿Qué habéis visto hoy? —pregunté.

—De repente, la abuela me ha parecido muy frágil. Nunca la había visto tan pequeña y vieja —confesó Jennifer en voz baja, muy apenada.

—Una frágil anciana que queremos mucho se nos va poco a poco —añadió Susan, desconsolada.

—Frágil de cuerpo, sí, pero no frágil de espíritu. Chicas, no voy a recomendaros que no estéis tristes. Pero no os entristezcáis por la abuela. No lamentéis no poder hacer más. No quedan asuntos pendientes en vuestra relación con la abuela. Ella sabe que la queréis.

»Lo que yo he visto hoy ha sido mucho amor. Y, de verdad, me siento muy orgullosa de las dos. Mirad, para la abuela ha sido una satisfacción que le permitierais enseñaros a hacer un quilt y, aún más importante, que le permitierais transmitiros todos sus hilos dorados para lograr el éxito. Le habéis hecho un gran regalo de amor simplemente con escucharla. Al final de una larga vida, supo que era capaz de comunicar su conocimiento y sabiduría a otra generación. La habéis ayudado a completar su vida, a cumplir un objetivo. Estoy muy orgullosa de las dos.

»Ya sabéis que al principio de vuestra odisea con los quilts dijimos que la abuela sería vuestro modelo de comportamiento, por su experiencia en el acolchado. Pero no tardasteis en descubrir que tenía muchas más cosas que decir acerca de la vida. Sus palabras y sus hilos dorados son sólo una parte de la lección. Estudiad toda su vida; contiene lecciones sutiles. Quizás os haya explicado cosas con su ejemplo que aún no hayáis asimilado.

—¿Como qué, mamá? —preguntó Susan.

—Bien, ¿alguna vez habéis percibido que la abuela se arrepienta de algo en la vida? ¿No? Por supuesto que no. No basta con decir que ha vivido una buena y larga vida. Ha vivido una vida completa. Su vida es un ejemplo.

»La abuela siempre ha disfrutado de armonía interna y ha hecho lo que cuadraba con su manera de ser. Pero también ha hecho lo que creía que era justo. Cuando coinciden la congruencia y la integridad, se logra una verdadera paz mental. La abuela la tiene. Como ya destacasteis una vez, ése es el éxito definitivo, chicas, tener paz mental.

Jennifer y Susan asintieron, sumidas en un silencio meditativo, y proseguimos nuestro trayecto de vuelta sintiendo una tristeza más soportable.

Hilo dorado n.º 12
Celebra la vida

OCTUBRE

HOJAS CAÍDAS

Así que ahora es cuando tengo que ocupar el puesto de la abuela. Nuestra querida abuela.
La abuela murió hace tres días.
No hay palabras para describir el dolor que sentimos todos.

NOVIEMBRE

UN CAMBIO EN EL PATRÓN

Los quilts están acabados y sin los viajes regulares para visitar a la abuela nos sentimos perdidas. No sólo por esa persona especial a la que echamos de menos, sino también porque el patrón de nuestras vidas ha cambiado para siempre, y el reajuste requerirá tiempo.

Hemos hablado de la abuela, y Jennifer y Susan han llegado a la conclusión de que la mezcla de tristeza y felicidad que sienten por la muerte de la abuela se debe a que, aunque antes bastaba una llamada telefónica para contactar con su sabiduría, humor y amor, ahora que han asimilado los hilos dorados y éstos forman parte de sí mismas ninguna distancia las separa de la abuela. Eso les ha dado resignación y paz de espíritu.

Ahora hay que dejar que las heridas cicatricen. Ha llegado la hora del recuerdo y la reflexión.

DICIEMBRE

TODO CON AMOR

Hemos hecho varios viajes a Clareville en los últimos tres meses. Había muchos detalles que acabar de resolver, incluso en el caso de esta anciana que vivía con sencillez. De todos modos, el de hoy ha sido un viaje especial, más feliz. La directora de la residencia, la señora Wells, nos llamó la semana pasada y nos dijo que los amigos de la abuela querían devolvernos todos los quilts que ella había hecho durante su estancia allí. No pretendían ser ingratos, se trataba de un gesto para devolvernos todo el amor de la abuela. Un regalo de amor en la estación de los regalos.

Jennifer y Susan se sintieron abrumadas al verse ante más de veinte quilts limpios y esmeradamente doblados sobre el escritorio de la señora Wells. Una torre de dobleces mullidos y un aluvión de colores y diseño que formaban un caleidoscopio.

—Oh, Jen, qué preciosos —susurró Susan al coger el de arriba con cuidado y llevárselo a la mejilla con un gesto inconscientemente infantil.

—Es maravilloso —contestó Jennifer, animada. Palpó el siguiente quilt y luego lo desplegó, mostrándonos por entero su bellísima hechura.

—¿Podremos ir a dar las gracias a todo el mundo? —preguntó Susan, que levantó la vista para mirarme.

—Creo que eso sería muy amable por nuestra parte —contesté cogiendo a mi vez un tercer quilt de la pila.

Guiadas por la señora Wells, hicimos lentamente el recorrido de una habitación a otra, saludando y dando las gracias a los residentes, casi todos los cuales nos eran desconocidos, pero todos ellos antiguos amigos de la abuela. La directora nos los iba presentando y añadía unas pocas palabras para informarnos de quiénes eran, sumiéndonos en una nube borrosa de nombres, rostros arrugados y manos temblorosas. Y muchas, muchas sonrisas.

De regreso a la oficina de la señora Wells, al atravesar el salón, nos acercamos a dos personas sentadas en sendas sillas de ruedas.

—Ésos son la señora Shaw y el señor Fulton —nos indicó la directora—. Henry, éstas son las chicas de Alice, sus nietas Jennifer y Susan —dijo pronunciando bien y en voz muy alta—. Han venido a saludarles.

—¿Qué dice? —replicó el anciano de mal humor.

—Queríamos darle las gracias —empecé yo, pero Susan me interrumpió.

—Me acuerdo de usted, señor Fulton. Su

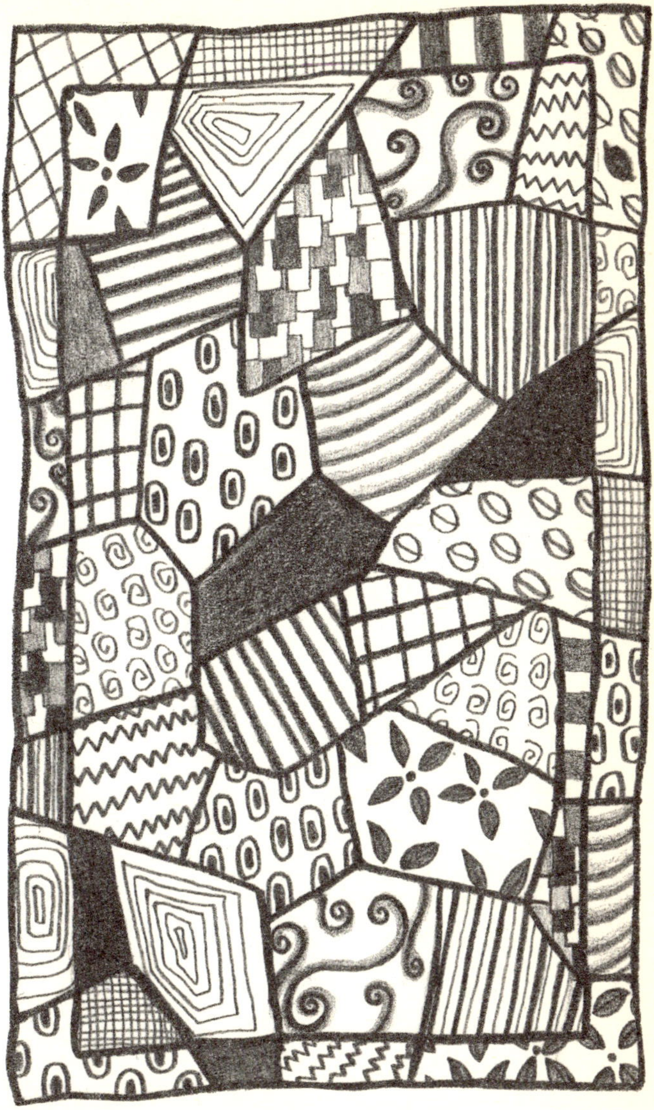

edredón es el más suave porque tiene ese problema de piel —explicó Susan hablando con claridad.

—¿Pies? Siempre he tenido los pies fatal —respondió con gesto desdeñoso—. Pero ¿quién dice que son?

Las chicas se rieron amablemente.

—Yo soy Jennifer. Ésta es Susan. Las nietas de Alice Myers.

—¿Alice? ¡Está muerta! —respondió a gritos—. Ya no vive aquí. He devuelto el quilt que me hizo. Era igual que ese que lleva ahí —dijo señalándome a mí—. Se lo regalé a su nieta. Aunque, nunca se sabe con las jovencitas, igual no lo quiere. Pues si no lo quiere, me lo puede devolver.

—¡Oh, Henry, vamos, deja de protestar! —gritó la señora Shaw desde su silla de ruedas contigua a la del señor Fulton—. Está sordo como una tapia —añadió meneando la cabeza en dirección a las chicas—. No le hagáis caso —les aconsejó y, asiendo firmemente las manos de Jennifer y Susan, las miró a los ojos y les dijo—: Vuestra abuela siempre hacía todo con amor. —Reforzó lo dicho agitándoles las manos arriba y abajo, como si quisiera que ese pensamiento se les quedara bien grabado—. Todo con amor —repitió insistentemente y, con un último apretón de manos, las despidió.

Mientras avanzábamos por el pasillo, Susan repitió en voz baja esas palabras a Jennifer:

—La abuela lo hacía todo con amor.

—Hacer todo con amor —corroboró Jennifer—. Ésa es la última lección, Suzie. Puesto que hay hilos dorados, debe haber una aguja dorada.

«Hacer todo con amor» es la aguja dorada que la abuela usaba para pespuntear su vida con los hilos dorados —finalizó abrazando a Susan por los hombros.

—Aún le quedaban tantas cosas que explicarnos —suspiró Susan con tristeza.

—No, creo que nos lo dijo todo. Todo se reduce a amor. «Hazlo todo con amor» —aseguró Jennifer.

Aprobé para mis adentros las palabras de mi hija mientras las seguía.

La abuela aún continuaba hablándoles a viva voz. Somos inmortales siempre que vivamos en los recuerdos de la gente.

De regreso a casa nos apresuramos a descargar del coche nuestros tesoros para poder contemplarlos uno a uno.

—Mira, mamá —dijo Susan indicándome algo que no habíamos advertido—. Lleva una nota enganchada.

—¿Qué dice? —pregunté dejando otro bulto.

—Es una lista. Hay nombres y fechas. —Parecía perpleja.

—Aquí hay otra, en este quilt —dijo Jennifer.

Sostuvo la punta de un quilt con una mano y con la otra revisó rápidamente el resto de la pila. Mis hijas se miraron: todos los quilts llevaban una nota cuidadosamente enganchada en uno de los extremos de la parte posterior.

—Son todas las personas que tuvieron el quilt —anunció Jennifer, repentinamente inspirada—.

Mirad, «Señor King, fallecido el 18 de febrero de 1987», «Señor Charbonneau, fallecido el 27 de junio de 1989», «Señora Epstein, sin fecha».

—Porque aún sigue con vida —opinó Susan—. La hemos conocido. Llevaba un curioso cuello de piel de zorro, acordaos. Debe de haber sido la última en tener el quilt. Sabíamos que la abuela regalaba todos los quilts y cuando una persona moría la abuela lo lavaba y se lo regalaba a otra.

—Es extraño —dijo Jennifer—. Mirad, esta nota se remonta a hace veinte años. Debe de haber sido uno de los primeros quilts que hizo la abuela en la residencia. Mirad cuántos nombres.

—Bueno, no quitéis las notas —les advertí—, que no se nos revuelvan.

—Esto es asombroso. Toda esta gente. ¡Uau! —exclamó Susan con entusiasmo mientras repasaba las notas sujetas a cada pieza—. ¡Toda esta gente! —repetía llena de admiración.

A lo largo de los años, gracias a una pequeña afición y a un gran amor por la humanidad, la abuela había hecho mella en muchas vidas. Como las gotas que caen en un cubo, cada uno de aquellos pequeños actos de amor se habían sumado para formar algo sumamente valioso.

—¿Quién ha anotado todo esto? —se preguntó Jennifer en voz alta.

—Probablemente la directora, la señora Wells —opiné yo—. Ha sido muy amable al hacer todo este esfuerzo por nosotras —concluí compartiendo el asombro y deleite de mis hijas.

—Debe de haber sido todo un trabajo seguir

la historia de cada quilt —observó Susan—. Deberíamos escribirle y darle las gracias —sugirió, y nosotras asentimos.

Pasamos los días siguientes en un mar de quilts. El colorido era digno de ver, a veces intenso y chillón, otras veces sombrío y melancólico. Nos preguntábamos qué habría pensado la abuela en tal momento, qué estado de ánimo la embargaba mientras confeccionaba cada quilt. Preguntas que cuando ella estaba viva nunca se nos había ocurrido plantearle. ¿Acaso no quedan siempre preguntas pendientes...?
A veces las puntadas eran esmeradas, uniformes y seguras. A veces un poco temblorosas. ¿Habría estado enferma en aquella época de su vida? ¿O simplemente cansada y algo distraída? En una ocasión nos había dicho que un quilt es un autorretrato de la persona que lo ha hecho. Si eso es cierto, también puede ser una biografía de su creador, si somos lo bastante perspicaces para interpretar las pistas sutiles que nos da. No puede haber mejor biografía de la vida de la abuela que la obra que ha dejado tras ella.
Rebuscamos en los libros y revistas de la abuela para encontrar nombres tradicionales de diseños de quilts. Nos reímos al dar con algunos que nos sonaron muy extravagantes, como «Patas de ganso», «El salto del mono» y «Gatito en el rincón». Nombres ideados por las abuelas de la abuela, las mujeres pioneras. Descubrimos esos nombres y, al pronunciarlos, los hicimos nuestros.

Nos entristeció darnos cuenta de que el severo quilt azul oscuro, gris y blanco que se llamaba «Tormenta en el mar» fue confeccionado el año en que murió Jack. Lo rebautizamos «El quilt de papá» y las chicas lo colocaron sobre mi cama.

Jennifer y Susan decidieron catalogar todos los quilts, así que les regalé un álbum de fotos. Fotografiamos cada quilt, y pusimos cada foto en el álbum junto a la nota que llevaba enganchada.

Una vez liberadas del temor de estropear o desordenar las notas de identificación, pudimos disfrutar de veras de los quilts de la abuela. Los amontonamos sobre nuestras camas, los tendimos sobre las sillas y los colgamos por turnos de la pared del salón situada detrás del sofá.

Una tarde, después de que hubiéramos reanudado más o menos nuestro ritmo de vida normal, Jennifer dijo con aire pensativo:

—Oye, mamá, francamente, tendríamos que hacer algo con los quilts de la abuela.

—¿Como qué?

—No sé —vaciló—. Me siento un poco mal al tenerlos todos aquí. La abuela los hizo para que otra gente disfrutara de ellos. Ya sabéis, en la residencia, la gente que los necesitaba.

—No querrás devolverlos, ¿eh? —preguntó Susan llena de alarma, dejando el libro que estaba leyendo.

—Bueno, no, por supuesto que no. Me refiero a que, por un lado, siento que deberíamos devolverlos, aunque en realidad no quiero. Me siento muy egoísta. ¿Tiene eso algún sentido? —me preguntó Jennifer.

—Por supuesto que sí —la tranquilicé—. ¿Hay alguna otra forma de conservar los quilts y permitir que también otra gente los disfrute?

—Prestárselos a los viejitos, supongo —dijo Jennifer encogiéndose de hombros.

—¿Y qué os parece mostrarlos en una exposición? —sugirió Susan—. ¿Crees que con los quilts de la abuela se podría montar una exposición, mamá? —preguntó.

—Bueno, es posible... —respondí.

—Esperad. ¿Por qué no la organizamos nosotras mismas? Podríamos hacerlo, ¿no crees, mamá? —declaró Jennifer.

—Desde luego —empecé a decir—, pero...

—Apuesta lo que quieras a que sí, Jen —dijo Susan categóricamente—. Es una idea genial. Qué manera tan estupenda de dejar que otra gente vea y disfrute de los quilts de la abuela. Al fin y al cabo, la abuela nos enseñó todo lo que hace falta saber para tener éxito en lo que se tercie. Recordad los hilos dorados.

—¡Claro que sí! ¿Cuál es el primer hilo dorado? Adquire un compromiso —Jennifer respondió a su propia pregunta.

—De acuerdo. Me apunto si tú estás dispuesta, socia —prometió Susan—. ¿Y tú qué dices, mamá?

—Me alegro de que no os hayáis olvidado de que sigo aquí —bromeé.

—Lo siento, mamá. Pero, Suz, creo que si lo hacemos tendríamos que hacerlo nosotras solas,

¿eh? ¿Verdad que lo entiendes, mamá? —preguntó Jennifer.

—Por supuesto que sí. Pero ¿puedo quedarme a escuchar? —pregunté a mi vez.

—Claro —asintió—. Pues entonces, Susan, ya nos hemos comprometido. ¡Cómo no podía ser menos! —dijo Susan riendo.

—El siguiente paso es imaginarnos la exposición, con todos los quilts de la abuela ya expuestos, y montones de visitantes que acuden a admirarlos. Luego tenemos que encontrar un modelo de comportamiento, algún experto a quien podamos imitar —recordó Jennifer.

—Las mujeres que organizaron la muestra de quilts el verano pasado podrían asesorarnos, o al menos sugerirnos alguna persona que pudiera hacerlo —apuntó Susan—. A eso se le llama un tutor, ¿no, mamá?

Asentí con la cabeza.

—Buena idea —aplaudió Jennifer—. Y ahora, el hilo dorado número dos es marcarse una meta. Eso quiere decir describir exactamente lo que queremos hacer y establecer una fecha tope. A continuación, el hilo dorado número tres. Necesitamos un plan. Tenemos que ponerlo por escrito y recordar todos los P-A-S-O-S —continuó Jennifer—. Ha de ser simple. Debemos fijar un plazo para cada operación parcial. Y conseguir que el plan sea eficaz equilibrando el tiempo y la precisión.

—Debemos establecer un orden de prioridades, en función de lo que es más importante y urgente. Lo primero es lo primero —dijo Susan—.

Y luego ponernos manos a la obra, no lo olvidemos —añadió.

—Seguidamente, tenemos que asumir la responsabilidad, hilo dorado número cuatro, y ser flexibles si algo sale mal —prosiguió Jennifer con una sonrisa al recordar el incidente de Hobbes y su propia reacción.

—El hilo dorado número cinco es hacer siempre un trabajo de calidad. Seamos realistas, ¡podemos conseguir que sea la mejor exposición de quilts que se haya hecho nunca! —exclamó Susan con confianza. Luego continuó—: Y el hilo dorado número seis de la abuela es aprender de nuestros errores y seguir adelante. Casi me olvido de nuestra lección magistral: hay que poner emoción esforzándonos al máximo. De cualquier modo, ya que nunca hemos organizado una exposición de quilts, ¡está claro que hemos salido de nuestra zona de comodidad! —dijo Susan recordando su anterior falta de confianza en sí misma.

—¿Qué más? —se preguntó Jennifer—. Hemos repasado todo el «trabajo interno»: compromiso, objetivos, planificación, responsabilidad, trabajo de calidad y aprendizaje.

—¿Qué me decís de la cooperación? —sugerí.

—Venga ya, mamá. ¡Somos hermanas! ¿Alguna vez no hemos cooperado? —Jennifer abrazó a Susan y las dos se rieron.

—Por supuesto. ¡Qué tonta soy! —respondí con el mismo tono burlón.

—Mamá tiene razón. El hilo dorado número siete es la cooperación. Tenemos aquí una situación con la que sin duda todo el mundo saldrá ganando —observó Susan—. Nosotras logramos quedarnos con los quilts, pero otras personas podrán disfrutar también de ellos.

—Tal vez podamos cobrar entrada y donar el dinero a alguna causa benéfica, o a la residencia para ancianos de Clareville —sugirió Jennifer cuyo entusiasmo iba en aumento.

—¡Qué gran idea! A la abuela le hubiera gustado. Aportar algo a la sociedad e influir positivamente en la vida de la gente. El hilo número ocho —manifestó Susan con aprobación.

—Si nos sentimos desanimadas o desmotivadas, o si se nos contagia el microbio de la Poltronitis, sabemos cómo superar el trance: tomando la medicina de paciencia, perfección, perseverancia, porfía y pundonor —enumeró Jennifer repasando el hilo dorado número nueve—. Y no debemos olvidar salir y relacionarnos con gente positiva, como las señoras del grupo de costura que nos presentó la abuela.

—Hilos dorados número diez y once —anunció Susan—: portarse con integridad, que es lo más difícil e importante, y celebrar los logros, que, por suerte, resulta muy fácil. ¡No cabe duda de que haremos que nuestra exposición de quilts sea una alegre celebración! Al fin y al cabo, en el fondo se tratará de festejar la vida de la abuela.

—¡Puedes apostar a que sí! —aprobó Jennifer tendiéndole la mano, y ambas se las estrecharon para sellar su acuerdo—. ¡Hagámoslo!

—Y no olvidemos hacer «todo con amor» —recordó Jennifer.

Susan asintió. Permanecieron calladas y un triste nubarrón se cernió sobre ellas, pero se despejó rápidamente y las chicas recobraron el buen humor.

—¿Cómo titularemos la exposición, Jen? —preguntó Susan.

—¡No sé! Veamos. ¿Qué te parece «Una fiesta de quilts» —sugirió— o «Una vida de quilts»?

—No. Ya se ha empleado antes. Lo vi en una de las revistas de la abuela —objetó Susan.

—¿Qué tal «Los quilts de la abuela: ayer y hoy»?

—Umm. «Quilts: una forma de vida.»

—¡Ya lo tengo! «Los quilts de la abuelita: un modo de vida.»

—No. Tendría que ser «Los quilts de la abuela» —replicó Susan.

—De acuerdo. Y «un modo de vida femenino».

—¡Eso es! —dijeron a coro—. «Los quilts de la abuela: un modo de vida femenino.»

PRIMAVERA

SE COMPLETA EL CICLO

De nuevo abril. La primavera estalla por todos lados. Robbie no tardará en estar en casa. Ha obtenido unas notas excelentes en la universidad. Este verano ha decidido que quiere trabajar cerca de casa, ¡sin duda para volver a saborear la comida casera! La semana pasada ascendieron a Jennifer a subdirectora del servicio de Atención al Cliente. Ya está diciendo que va a buscarse su propio apartamento. Últimamente la he oído hablar mucho de un tal Jim, o sea que supongo que ya es hora de que lo invitemos a una cena familiar, con inspección y revista en toda regla.

A Susan le ha ido estupendamente en la facultad, en sus cursos de magisterio. Durante las semanas de prácticas, el director de un centro se quedó tan impresionado por su madurez y seguridad que sugirió que hiciera una solicitud para trabajar con ellos en los cursos de verano e indicó que en cuanto se graduara la propondría para un trabajo de plena dedicación.

Así que me siento una mamá feliz y orgullosa.

Sí, la exposición de quilts se inauguró el sábado pasado.

Las chicas pidieron asesoramiento a la asociación local de confeccionistas de quilts. Allí encontraron a muchas mujeres con talento y experiencia e hicieron nuevas amigas. A esas señoras les interesó tanto el proyecto de Jennifer y Susan que muchas de ellas se ofrecieron a colaborar y les dieron montones de consejos que les fueron de gran ayuda para organizar la exposición.

Es curioso comprobar cómo corre la voz; que existe esa red de mujeres que hablan, comparten y se preocupan; esa conexión que muchos hombres no han llegado a entender y que demasiados descartan.

Cuando se propagó la noticia de la exposición dedicada a Alice Myers y sus quilts, gente desconocida empezó a escribirnos desde todas partes. Antiguos amigos de la abuela que nos contaban sus recuerdos. Parientes jóvenes de los residentes de Clareville que nos daban las gracias. Todas esas contribuciones se agregaron a la exposición. Nos enviaron generosamente una docena más de quilts, que una vez exhibidos pasarían a ser propiedad de las chicas.

Cuando nos esforzamos para llegar a otras personas nunca nos imaginamos la respuesta que recibiremos.

Uno de los quilts de la abuela llegó justo la semana pasada. Viejo, gastado y muy utilizado, como tiene que ser un quilt al que se tiene cariño. Me costó reconocerlo. La nota decía: «Siento que este quilt esté en tan mal estado. Lo he lavado muchas veces. Mi tía me lo regaló hace no sé cuántos años. Me explicó historias de vuestra abuela, de cuando vivían en la granja. Siempre decía que Alice era la persona más bondadosa que había conocido.»

No estaba mal que te recordaran así, pensé, «la persona más bondadosa que había conocido». El legado que deja una vida digna. A la abuela le hubiera complacido, seguro que sí.

Espero que, cuando me haya ido, me pongan una etiqueta parecida. Quiero ser como uno de los quilts de la abuela: gastado, muy lavado, raído por el buen uso y sobre todo muy querido. Acompañado de una historia que se transmita de un corazón a otro.

El sábado por la mañana a primera hora, antes de que se inaugurara la exposición, Jennifer y Susan me hicieron hacer un recorrido de invitada VIP, y de ese modo eché mi primera ojeada a la culminación de sus esfuerzos.

En la entrada de la sala, las chicas habían puesto una ampliación de la última foto de la abuela, en la que aparecía con ellas dos y sus quilts. Al lado de la foto habían colocado una nota en la que explicaban cómo la abuela, al enseñarles los doce hilos dorados, les había enseñado a vivir y desarrollar su carácter para tener éxito en la vida. Al final añadieron su propio descubrimiento: que la aguja dorada, «Hazlo todo con amor», lo cosía todo.

Jennifer y Susan habían recogido el último e inacabado quilt de la abuela y en secreto habían acabado el acolchado y el borde. «Es una sorpresa. Ya lo verás en la exposición», me decían cada vez que yo intentaba sonsacarlas. El cuarto de costura, su centro de operaciones, había sido durante semanas un territorio prohibido para mí y para Hobbes.

Y allí, frente a la entrada principal, estaba el último quilt de la abuela, «Corazones y rosas». Tan característico de la abuela. Incluía corazones cortados de la vieja camisa de Jack. Pero yo me había fijado en que también incluía parches de los quilts de Jennifer y Susan, junto con docenas de otros tejidos, todos ellos retales de una vida, que contenían los recuerdos favoritos.

—Mira, Jen —señalé—, ésa es la tela del vestidito de playa que te hizo la abuela cuando tenías tres años. Lo llevas en las fotos que sacamos durante el verano junto al lago Graham. Recuerdo que hacías tortitas de barro, ¡para la barbacoa! Susan, esta tela es de tu primer vestido de fiesta para el baile de estudiantes. ¿No te has preguntado nunca qué habrá sido de ese chico, Roger, con el que saliste?

Susan se encogió de hombros y sonrió al repasar sus propios recuerdos.

Era de esperar que la abuela incorporara todos esos recuerdos a su último quilt. Está lleno de recuerdos familiares, de momentos compartidos, abrazos y risas. Me alegró que estuviera acabado y que las chicas lo conservaran. De esta manera la abuela permanecería siempre junto a nosotros. Continuamos viviendo en la gente y en el legado que dejamos.

—¡Oh, chicas, qué precioso es! —exclamé mientras admirábamos su obra maestra, cogidas por la cintura. Examiné el detallado trabajo de aplicación y las perfectas puntadas del acolchado. Era una labor hecha por la abuela, por Jennifer y por Susan, una tarea en la que se entrelazaban los hilos que conectan generaciones. Las abracé a las dos.

—Es para ti, mamá —dijo Jennifer devolviéndome el apretujón.

—La abuela quería que conservaras este quilt —confirmó Susan.

—Lo estaba haciendo para ti —asintió Jennifer.

—¿Cómo lo sabéis? —interrogué sintiendo en los ojos el escozor de las lágrimas.

—Nos lo dijo, mamá —explicó afablemente Jennifer—. Cuando la vimos en septiembre. ¿Recuerdas que te pidió que fueras a hablar con la señora Wells?

—Lo hizo únicamente para que salieras de la habitación —añadió Susan.

Moví afirmativamente la cabeza al recordar aquel día.

—Nos lo dijo cuando te fuiste. Lee la etiqueta de detrás, mamá. La abuela nos dejó escrito lo que quería que pusiéramos por ella —continuó Jennifer—. Sabía que no iba a ser capaz de acabarlo y eso le daba mucha pena, pero le prometimos que nosotras lo terminaríamos.

Sí, estas chicas seguirán los pasos de su abuela. Continuarán aprendiendo y madurando. Aprovecharán sus experiencias para llegar a ser sabias y, en su momento, transmitirán su sabiduría y la tradición a otras jóvenes. La vida cerrará el ciclo completo y continuará.

—Bordamos nosotras sus palabras. A mano, por supuesto —dijo Susan con orgullo.

—Empleamos un brillante hilo dorado que encontramos en una tienda de material artístico —indicó Jennifer—. Pensamos que a la abuela le gustaría.

Di la vuelta a la esquina derecha del quilt y allí estaba la dedicatoria, pulcramente bordada en hebra dorada.

A Angela

Entregado con amor infinito

por el amor ilimitado recibido

Alice Myers, 1905-1990

Finalizado por sus nietas

Jennifer y Susan Patten

31 de marzo, 1991

Aguja dorada de la abuela

Haz todo con amor

Hilos dorados de la abuela

Acepta un compromiso

Márcate una meta

Hazte un plan de trabajo y ejecútalo

Haz siempre un trabajo de calidad

Asume responsabilidades y atente a ellas

Haz del aprendizaje un hábito permanente

Coopera

Influye positivamente en la vida de los demás

Persevera en los momentos difíciles

Comunícate con eficacia

Vive con integridad

Celebra la vida

ÍNDICE

Nota de la autora 7
El Quilt 9
Prólogo 13
Octubre: Una visita a la abuela.............. 17
Noviembre: Primeros pasos 45
Diciembre: No tomes decisiones precipitadas 59
Enero: ¡Hobbes, maldito gato!.............. 81
Febrero: Coser y descoser.................. 93
Marzo: Ponle emoción a la vida............ 107
Abril: Hermanas........................... 117
Mayo: «Sí, sí que puede».................. 137
Junio: Aparece el aburrimiento 149
Julio: Los cerdos no vuelan................. 165
Agosto: Gracias por remendar mi vida 173
Septiembre: Recuerdos burbujeantes 187
Octubre: Hojas caídas..................... 195
Noviembre: Un cambio en el patrón........ 197
Diciembre: Todo con amor 199
Primavera: Se completa el ciclo 213